Meurtre au presbytère

Jean-Paul Guetny

Meurtre au presbytère

ROMAN

Albin Michel

22, rue Huyghens, 75014 Paris

ISBN 2-226-10010-5

Pour Élisabeth I et II,
Thomas et Éléonore.

« Et, là-bas, par-delà la tombe... nous nous reposerons ! Nous entendrons les anges, nous verrons tout le mal terrestre, toutes nos souffrances, se noyer dans la miséricorde qui emplira l'univers entier, et notre vie deviendra calme, tendre, douce comme une caresse. »

Anton TCHEKHOV,
Oncle Vania

I

Le complot

Avec ses motifs sculptés, la porte ressemble à celle d'un tabernacle, mais elle ouvre sur une niche, creusée dans le mur, où s'encastre le poste de télévision.

Chaque soir, en début de journal, l'abbé Décoreur, curé de Saint-Silice et responsable du doyenné des Volcans, impose le silence. Car le présentateur de la première chaîne, costume croisé bleu marine, pochette blanche frémissante, rapporte les faits et gestes du jeune président, un enfant du pays. Les moniteurs réunis autour de la table du presbytère savourent les reportages comme autant de bouffées d'air du large, au terme d'une harassante journée.

Debout à six heures moins vingt, ils se contentent d'une toilette de chat, s'habillent à la hâte, parfois oublient de se coiffer. Ils avalent une grande tasse de café, puis, au son de la *Moldau* ou de la *Sixième Symphonie* de Beethoven, tirent du sommeil les garçons asthmatiques dont ils ont la charge, les aident à enfiler leurs costumes de cure, prennent la tête des cortèges en direction de l'« Établissement ».

Parvenus à pied d'œuvre, ils se rendent aux sources et aux gaz thermaux, rôdent dans les salles de Nébulisation et d'Aspiration, font glisser les slips, arrachent les tee-shirts, en vue de la douche vapeur et du demi-bain. S'il leur reste quelque loisir, c'est pour conquérir les faveurs des matrones en blouse de nylon bleu qui prélèvent les tickets de cure, prodiguent les serviettes et, se sentant prises en compte, promettent des guérisons dignes de Lourdes.

Il est huit heures passées quand les jeunes patients, à bout de souffle, les jambes flageolantes, retournent au bercail par petits groupes. Ils sirotent leur bol de chocolat, grignotent leurs tartines beurrées, regagnent leurs dortoirs, se défont de leurs uniformes, ôtent leur linge de corps humide et, le pyjama boutonné à la hâte, s'enfoncent dans le lit en tire-bouchonnant les draps.

Les moniteurs se retrouvent alors dans le « sous-marin », au sous-sol de l'institut Saint-Matthias, la maison de cure paroissiale régie par Mlle Bénard, la propre gouvernante de l'abbé Décoreur. Cette infirmière reconvertie ne laisse à personne d'autre le soin de veiller sur leur petit déjeuner.

À cinquante-deux ans, elle dégage une impression de robustesse et de grâce. Sous la pelure gris anthracite, on devine un corps à la Rubens, mais dont un corsetier aurait atténué l'alanguissement. Le visage et la chevelure semblent jaillis du pinceau de Goya. Son chignon de jais rappelle celui des duègnes et il y a dans son regard un feu et aussi comme un tourment.

Cheftaine — tel est le surnom dont on la gratific — soumet à examen tout nouveau membre du staff de Saint-Matthias. Elle s'intéresse à ses tenues vestimentaires, dissèque ses paroles, ses gestes et, s'il répond à ses attentes, adopte avec lui un comportement de mère de famille, mélange subtil d'affection et d'autorité.

Présente sur tous les fronts, vous ne la verrez jamais rechigner à la tâche, ni s'arrêter, ni même se plaindre. Elle se montre discrète sur ses états d'âme et ne se confie qu'à sa sœur aînée, agent immobilier à Montoussain, le chef-lieu du département.

En toute circonstance, elle se considère en mission, chargée des âmes tout autant que des corps. Elle redresse les torts, inculque des principes, ne lésine pas sur les moyens, dès lors que l'« Essentiel » est en cause. Vivant au milieu de prêtres, elle ne se fait guère d'illusions à leur sujet, comme si Dieu avait imposé un fardeau trop lourd à leurs frêles épaules.

Moi qui écris ces lignes, j'avais entrepris une chronique de notre bonne station, une sorte de Clochemerle-les-Eaux. Mais des événements d'une exceptionnelle gravité ont bouleversé la quiétude de mon récit. Avant de les rapporter, il convient sans doute que je fasse les présentations.

Je m'appelle Peter D. Hoskyns, ai franchi le cap du demi-siècle. Je suis né au 229, Seabrook Road, Hythe, Kent, d'un père britannique, anglican et inspecteur de police, d'une mère française, catholique et professeur de langues. Mes futurs parents se rencontrèrent par hasard, sur un ferry, au beau milieu du Channel. La houle les rapprocha. Ils se parlèrent, se plurent, se fiancèrent.

À l'approche du mariage, d'âpres discussions eurent lieu entre les deux familles. L'Église catholique exigeait du prétendant qu'il s'engageât par écrit à ne point lui soustraire sa progéniture. La partie anglicane ne l'entendait pas de cette oreille. Mais elle eut beau en appeler au respect de la liberté de conscience, mon père passa par amour sous les fourches Caudines du Vatican. Première capitulation, jugea le clan Hoskyns.

La deuxième fut plus radicale encore. Au bout de quelques années, le jeune époux décida de quitter sa patrie et sa police pour émigrer vers le Continent. Il se lança dans les affaires et parvint, au fil des ans, à rogner les aspérités de son accent. Ayant obtenu de devenir, comme il disait avec fierté, le concitoyen de Voltaire et de Victor Hugo, il n'émit nulle objection à ce que j'entre, à l'âge de dix-neuf ans, au grand séminaire catholique. J'imagine que les Hoskyns parlèrent de troisième capitulation.

Ma famille s'établit dans la bonne ville de Montoussain. Nous y entrâmes en relation avec l'abbé Décoreur, autour duquel gravitait une jeune cheftaine de louveteaux du nom d'Odette Bénard. J'entrai donc au séminaire. Il m'eût fallu une vocation de granit pour m'épanouir dans cette prison à l'odeur de rance. La mienne avait des allures de fétu de paille. De la théologie, je ne reçus que les rudiments. Après quoi je me fis embaucher par un important libraire de la ville.

Une fois assimilées les règles du métier, je m'installai à mon compte. Grave erreur de calcul, car Montoussain regorgeait de marchands de prose en tout genre. Je fondai un foyer où naquirent un fils puis une fille. Tirant le diable par la queue, nous décidâmes de gagner des régions déshéritées en matière de littérature. L'abbé Décoreur me signala une affaire en or dans sa nouvelle paroisse de Saint-Silice. Malgré mon scepticisme, j'acquis la Librairie du Parc. Jamais je n'ai rencontré lecteurs plus passionnés que les asthmatiques. Du coup, nos finances ne tardèrent pas à se redresser.

À la fin de juin de cette année où survinrent d'incroyables événements, je décidai, un dimanche après-midi, de laisser la librairie à mon épouse Louisette. Parti m'aérer à la cascade de l'Écuerelle, je franchis les premiers cent mètres d'un pas de convalescent, souffle court et jambes molles.

Il me fallut une bonne heure pour parvenir au pied de la cascade. Pareille à une colonne de feu enrobée de flammèches blond et bleu, elle émettait comme un vrombissement. J'empruntai à gauche le minuscule pont en surplomb du torrent et gagnai l'autre rive. Je repérai une cabane de forestiers à la façade fissurée et délavée. Je m'y adossai pour contempler la colonne d'eau qui cisaillait la roche volcanique.

Je perçus des bruits, tendis l'oreille, l'appliquai contre une fente, entre deux planches. Deux individus se trouvaient dans la cabane. Ils échangèrent des borborygmes, puis nouèrent conversation.

— Content de votre sort ? demanda une voix haut perchée que j'attribuai à un homme.

— J'aurais pu mieux tomber ! répliqua une voix grave.

— Avec tout ce que vous faites, qu'est-ce qu'ils doivent vous payer !

— Vous vous trompez. C'est de l'exploitation.

Le « meneur de jeu », ainsi surnommai-je la voix haut perchée, prit un ton enjôleur et s'enquit :

— Vous ne chercheriez pas un travail d'appoint ? J'aurais une proposition pour vous...

Après cette entrée en matière alléchante, il se lança dans une tirade, haletant comme après un violent effort. Je crus que j'allais assister à une crise d'asthme.

— Autant vous prévenir, précisa-t-il : ça s'annonce délicat... Et il faudra qu'on se revoie... Pas dans cette baraque à la serrure déglinguée... Des promeneurs pourraient surgir. Quant au... tère, il n'en est pas question... Vous connaissez les Thermes ? Oui, l'Établissement. Endroit idéal pour négocier !... À condition de disposer d'un carnet estampillé par l'administration thermale. Au... tère, pas de problème, j'imagine, pour obtenir pareil document.

— Vous me demandez de voler ? traduisit son interlocuteur.

— D'emprunter. Mais je ne vous... oblige à rien. Nous pouvons stopper là. Et nous quitter... bons amis.

— Ça m'intéresse.

— Dans ce cas, vous avez la journée de demain

pour vous procurer deux carnets... à l'endroit indiqué... Gardez-en un pour vous. Le second, vous me le transmettrez sous pli cacheté... Rendez-vous mardi, à sept heures précises... en salle de Nébulisation... hommes, bien sûr... et surtout n'oubliez pas de vous procurer une tenue de curiste...

— Va falloir que je pioche dans la réserve !

Cette perspective ne parut pas réjouir le candidat au travail d'appoint. Il émit deux ou trois bougonnements. Le meneur de jeu le congédia :

— Allez, à mardi !

Puis il le héla de nouveau :

— J'insiste pour le costume de cure... Vous ne devrez le quitter sous aucun prétexte... Et puis, tiens, nous rabattrons la capuche sur nos têtes... Comme ça, bien malin qui pourra nous reconnaître !

L'homme paraissait bizarre. Et la scène m'avait intrigué. J'étais impatient de savoir la suite mais comment faire ? Je me souvins que j'avais un costume de cure dans mon grenier, donné naguère par Odette Bénard. De plus, en tant que notable de la station, je possédais une carte, de couleur verte, me permettant l'accès à l'Établissement. Je décidai de m'y rendre, revêtu de l'uniforme, à la date et à l'heure fixées par le meneur de jeu. Comme lors de mes précédentes visites, cinq ans auparavant, j'arguerais devant Louisette de mon terrain bronchitique. Qu'elle n'aille pas attribuer mon escapade à une folle passion !

Lorsque Joseph-Marie-Victor Décoreur fut nommé à la tête du doyenné des Volcans, la paroisse allait à vau-l'eau. Le nouveau curé ne tarda pas à réaliser que, pour remplir son église, il lui fallait compter moins sur les autochtones, enkystés dans leur matérialisme, que sur la population estivale. Il multiplia les offices en soignant leur qualité liturgique, créa une structure d'accueil pour curistes et touristes, mit sur pied un programme de conférences, de débats, des cercles d'études bibliques et théologiques. À la tête de tout cela, il fallait un chef d'orchestre : il institua le « prédicateur de la station ».

L'actuel titulaire du poste s'appelle Eliacin Charpentier. Cet ancien supérieur provincial des oblats de Marie-Immaculée, aujourd'hui à la retraite, arbore une mine rondouillarde et un visage enjoué. Les lèvres ourlées par l'usage intempérant de la pipe, de grosses lunettes sur le bout du nez, il a l'esprit espiègle et la chaleur communicative. Les moniteurs apprécient les anecdotes, tirées de ses pérégrinations internationales, qu'il raconte d'une voix chantonnante, en ménageant le suspense avec habileté.

Adepte d'un christianisme remis à neuf, le père Charpentier a, m'a-t-on dit, l'audace de ceux qui, arrivés en fin de parcours, n'ont plus rien à perdre. Il apprécie le doyen pour son accueil, mais le juge trop paternaliste, trop mondain, manquant d'intériorité et de rayonnement spirituel.

Quoi qu'il pense du prédicateur, l'abbé Décoreur lui manifeste une constante déférence, en raison de ses importantes responsabilités de naguère, de son talent oratoire et, avouons-le, des multiples billets qui, lors de la quête, tombent dans les corbeilles.

Au fil des étés, l'oblat de Marie s'est fait un ami au presbytère de Saint-Silice : l'abbé Leroy, le premier vicaire, dont le nez à la Pinocchio soutient des lunettes rafistolées. Ce prêtre de quarante-cinq ans, un peu voûté, dissimule une maigreur d'anorexique sous un ample polo noir et un pantalon gris aux allures de sarouel. Il est la coqueluche des jeunes de la station qui l'appellent « père Jean-Baptiste » ou « Jean-Baptiste » tout court. Et sa plus grande jouissance consiste, devant des parterres de vieilles dames, à camper Jésus sous les traits d'un révolutionnaire que son Église aurait trahi, à force de composer avec le pouvoir temporel, de sacraliser la violence, de délaisser les pauvres au profit des puissants de ce monde.

Entre le doyen et son premier vicaire, la cohabitation est traversée d'orages. L'un ne jure que par « les valeurs chrétiennes » — à savoir l'Ordre, l'Autorité, la Morale — et les enseignements du Saint-Père. L'autre tient l'Évangile pour unique référence, avec ses histoires de putain pardonnée, de percepteur montré en exemple, d'ouvriers de la dernière heure aussi grassement payés que s'ils avaient sué à la tâche la journée entière. Outre ses dérives théologiques, Leroy souffre de deux défauts aux yeux de son supérieur hiérarchique : né dans une lointaine contrée de plaines, il a émigré vers nos montagnes pour des raisons mal élucidées et, débordant d'activité, il arrive régulièrement en retard au dîner, prenant ainsi le risque de le faire passer, lui, son curé doyen, d'ordinaire ponctuel, pour une sorte de rond-de-cuir du sacerdoce.

Peu de temps avant les événements qui ont perturbé la rédaction de ma chronique, il y eut entre les deux hommes une altercation plus vive qu'à l'ordinaire :

— Monsieur le vicaire, ironisa un soir le doyen, à bout de patience, je vous prie de m'excuser de m'immiscer dans un emploi du temps rendu acrobatique par votre zèle pastoral. Mais ne vous a-t-on pas dit que l'exactitude était la politesse des rois ?

— Ma foi, monsieur le curé, vous avez bien raison, encore que nous vivions, comme vous le savez peut-être, en république.

Non content de ce trait, l'abbé Leroy se lança dans la narration de son après-midi pittoresque, en compagnie de femmes réputées légères, de chômeurs ivrognes et de mécréants notoires. Excédé par tant de démagogie gauchisante, l'abbé Décoreur prit rendez-vous près du vicaire général, le chanoine Marcejac, issu du même village que le père Charpentier. Il le supplia de transférer son collaborateur dans une autre paroisse. Après avoir plus de vingt fois opiné du chef à l'énoncé des griefs, le chanoine rétorqua :

— Si je vous enlève votre abbé, je n'aurai personne à vous donner à la place. Réfléchissez. On me dit qu'il fait du bien dans vos montagnes.

Il y avait peut-être un zeste de perfidie dans la remarque. À l'idée de perdre un vicaire, le doyen flancha. Après tout, se dit-il, le zèle apostolique de l'abbé Leroy ne souffre pas contestation. Quand il les catéchise, les adolescents du collège privé témoignent d'un réel intérêt pour les choses de la foi. Le curé rengaina ses velléités homicides. En attendant, spéculaient certains, l'ultime explosion !

L'abbé Ducombet, le second vicaire au strict col romain, appartient, comme le doyen lui-même, à la bourgeoisie industrielle du département, son père régnant sur une fabrique de couteaux.

Au collège ses carnets de notes ressemblaient à des panégyriques. Le grand séminaire devait confirmer d'exceptionnelles dispositions. Mais, à l'approche de la prêtrise, le jeune abbé vit sa raison lui jouer des tours. Cela se manifesta par des réflexions d'une parfaite incongruité, en conclusion d'exposés pertinents et bien charpentés. Et il se mit à parsemer ses propos de citations latines, faisant le vide autour de lui. Il était pieux. Malgré ses problèmes, il reçut l'ordination. Pour ses prémices sacerdotales, il fut nommé vicaire dans une obscure paroisse de banlieue. À quoi s'ajouta la fonction peu gratifiante de notaire près l'officialité diocésaine.

Devenu d'un scrupule extrême, il avait du mal à atteindre l'*Ite* de ses messes, tant il voulait s'assurer de tous les détails du rituel. Les enfants de chœur piaffaient d'impatience. L'assistance aussi. Le jeune ecclésiastique fit l'objet d'un rapport incendiaire à l'évêché. Monseigneur le mit pratiquement à l'encan. Le doyen des Volcans, ami de M. Ducombet père, le coutelier, et qui guignait un second vicaire pour rivaliser avec son collègue et voisin du Capelet, pourvu de deux collaborateurs, se porta candidat à l'acquisition. Au jour du Jugement, Dieu lui en rendra sans doute justice.

Le second vicaire a l'esprit préoccupé par une insolite marotte. Il a hérité une paire de colts de modèle Dragoon, datant de 1853, dont il cherche à se débarrasser, ce qui, pour certains, constituerait une mesure de sécurité élémentaire. Il démarche les armureries à deux cents kilomètres à la ronde. De ses équipées, qui le requièrent souvent la journée entière, il revient optimisme à fleur de lèvres :

— Cette fois, opération en bonne voie. J'ai fait estimer ma paire de Dragoon. On m'en a proposé quinze mille francs.

Un « oh ! » de stupéfaction et de soulagement parcourt l'assistance.

— L'armurier, précise l'abbé, m'a paru honnête. Mais je ne lui ai pas laissé mes colts qui, notez-le bien, sont en parfait état. Vous vous rendez compte : fabriqués en 1853 et les voilà comme neufs. Pan ! Pan ! Monsieur Leroy (Ducombet fait semblant de viser son confrère), vous êtes un homme mort. Je n'ai pas encore, disais-je, cédé mes Dragoon à cet armurier. Car j'y tiens, voyez-vous. Et l'on ne se sépare pas comme ça de ce à quoi on tient.

Mardi, six heures trente. J'ai enroulé une écharpe autour de mon visage. Pour m'identifier, il n'y a plus guère que mes yeux vert émeraude. J'arrive aux Thermes dans le plus complet anonymat, emprunte le tambour : me voici projeté dans le grand hall. J'oblique à droite. Une barrière se dresse, sur laquelle veillent deux « douaniers » : une mégère en blouse de nylon translucide, à la grâce pachydermique, attifée d'un minuscule bonnet de soubrette, et le contrôleur principal, un moustachu à la silhouette grise d'instituteur d'autrefois.

— Carnet, s'il vous plaît ! me demande-t-il.

Je présente ma carte verte. L'homme s'adresse à moi avec entrain :

— Monsieur Hoskyns ! Soyez le bienvenu ! Que puis-je pour le bonheur de vos bronches ? Des gaz ? Du brouillard ? Sec ou humide ? Des bains, des douches ? Je vous conseille les douches ou, plus précisément (il baisse le ton), la doucheuse !

— Monsieur le contrôleur principal, répliqué-je, l'air faussement grivois, j'ai mon petit parcours thérapeutique que je ne divulgue à personne, pas même à mon médecin.

— Je vois, monsieur Hoskyns vient soigner sa maladie d'amour.

Après cette remarque salace, je file vers les gaz thermaux, branche ma pipette de bois blanc au tuyau de caoutchouc, l'applique à ma narine droite, ouvre le robinet. Une piquante émanation m'asticote le naseau. Je bloque la manette. Et reste assis dix minutes à faire semblant.

Il est six heures cinquante-deux quand je décampe, le visage à demi voilé. D'un pas décidé, je me dirige vers le premier étage. La porte de gauche ouvre sur un luxueux corridor, auquel le marbre confère une touche funèbre. La tenancière de la Nébulisation hommes trône, la blouse près de craquer sous l'abondance des chairs, les coudes avachis sur le comptoir. Derrière elle, je distingue une enfilade de portemanteaux où pendent, par la capuche, des vestes de cure ainsi que des écharpes et des anoraks. Je présente mon laissez-passer. La matrone boursouflée me dévisage :

— Monsieur Hoskyns ! Ça alors !

— Chut ! Je suis là incognito !

— Vous allez voir, cela va vous faire du bien, poursuit-elle en me tendant une serviette.

Je m'apprête à pénétrer dans la salle de Nébulisation, mais elle me retient :

— Une seconde, monsieur Hoskyns, il faut vous déshabiller.

— Me déshabiller ? interrogé-je, l'air inquiet.

— Oui, retirer votre veste.

En tee-shirt brun, une serviette blanc et bleu sur les épaules, je me faufile dans le brouillard. De mémoire de Londonien, on n'avait jamais vu *fog* d'une telle densité. Incapable de me diriger, je lance les deux mains en avant, en essayant de m'arrimer à quelque chose de stable. De façon malencontreuse j'effleure l'arrière-train d'un curiste qui me traite de « salope ». Je décide de ne plus bouger, conduite salutaire car, au bout de deux ou trois minutes, je perçois des ombres qui s'agitent.

Absorbé dans mes pensées, j'ai failli ne pas remarquer une figure insolite en train de tournoyer. Au contraire de ses compagnons, elle ne s'est pas débarrassée de sa veste de cure. Pour comble, une capuche lui dissimule non seulement le crâne mais le haut du visage. Je décide de suivre ce singulier patient.

À trois pas de distance, lui et moi traversons la salle dans le sens de la longueur, toujours en rasant les murs. Un deuxième individu se profile, flottant lui aussi dans une veste de cure, les yeux cachés par la capuche. Je me dis que ce pourrait être mes deux larrons de la cascade. Ils s'approchent l'un de l'autre, se saluent d'un signe de tête, échangent des mots incompréhensibles. Mais c'est bien eux. Une hypothèse me traverse l'esprit : et si le meneur de jeu à la voix haut perchée était tout simplement une femme ? Je repense à sa phrase de la cascade : « Mardi, à sept heures précises, en salle de Nébulisation... hommes, bien sûr. » Un homme fixant un rendez-vous à un autre homme pouvait-il lui proposer un autre lieu qu'un service de Nébulisation *hommes* ?

Râblé, le premier personnage de tout à l'heure empoigne par le bras son compagnon qui le dépasse d'une quinzaine de centimètres. Ils vont s'asseoir sur le banc de bois, côté Saint-Silice. Je fais quelques pas dans leur direction. De qui s'agit-il, bon sang ? Pour avoir une chance de les identifier, il faudrait que je me colle à eux. Mais ce serait prendre le risque de me faire repérer.

— Vous a-t-on jamais trahi ? lance le meneur de jeu.

— Vaut mieux pas !

— Et à supposer que cela arrive ?

Son interlocuteur émet une sorte de grincement et fait signe de la main qu'il trancherait le cou du coupable.

— Comme vous y allez !

— Je n'hésiterais pas.

— Moi... j'hésite. Mais si la tâche pouvait être entreprise par quelqu'un d'autre... J'aurais besoin d'une main ferme, exempte de tremblements, d'une main de chirurgien... la vôtre.

— Mais, diable, que me demandez-vous là ?

— De rendre justice... comme vous savez le faire.

Le silence libéré par cet échange est à la limite du supportable. J'ai l'impression que les deux personnages m'observent. Je recule par prudence, m'efforçant cependant de rester à portée d'oreille.

— Ces choses-là ne sont pas gratuites ! remarque la voix grave.

— Et si je vous offrais un million ?

— Un million ?

— Oui, un million. Je vous donne rendez-vous jeudi, même lieu, même heure. Et surtout... gardez bien votre veste !

Le cynique individu part d'un rire métallique. Le couple reste en place quelques instants, puis se disloque. Chacun des comploteurs — car il s'agit bien d'un complot — disparaît de son côté dans le brouillard. Seule la régente de la Nébulisation pourrait dire quand ils en émergent. Et ce qui se lit alors sur leurs visages.

Après le dîner de ses jeunes curistes, Cheftaine traverse l'avenue Jean-Moulin et s'engouffre dans le presbytère. Outre la gouvernante, dont l'arrivée est annoncée par le carillon de son trousseau de clefs, deux femmes ont le privilège d'accéder à la salle à manger. L'une y dispose du couvert. Il s'agit de Mlle Marie Gagnabie, institutrice à l'école libre, qui excelle dans l'art du renseignement. Ses lunettes noires, censées corriger quelque défaut oculaire, lui permettent en effet de dissimuler son regard et de le glisser partout.

La version officielle veut qu'elle profite des vacances d'été pour effectuer de menus travaux au bénéfice du doyen. En réalité, Mlle Gagnabie, la quarantaine un peu épaisse, observe, écoute, questionne et transmet le matériau informatif à Cheftaine.

Mémé Charlier, l'autre privilégiée, se contente d'un rôle purement servile. Cette vieille dame diaphane, à la voix flûtée, arbore une douceur un peu mielleuse. Dès que les nécessités de son office ne requièrent plus sa présence, elle se retire sur la pointe des pieds, tel un chat face à un danger. Si Marie Gagnabie adore voir et entendre, mémé Charlier se voudrait frappée de cécité et de surdité, pour, n'ayant été témoin de rien, n'avoir rien à déclarer.

L'expérience lui a appris que la moindre ébauche de parole sur le moindre soupçon d'événement était susceptible de faire damner un homme — et plus encore une femme. Elle apprécie à leur valeur les milieux d'après-midi quand, engoncée dans sa solitude, calée dans le vieux fauteuil de la cuisine, les lunettes en équilibre instable sur le bout du nez, elle reprise les chaussettes de monsieur le doyen. Mais le bonheur est presque toujours fugace. Un visiteur sonne-t-il à la porte du presbytère ? Elle se précipite en trottinant, entrebâille le lourd montant de bois, jauge l'intrus, l'interroge : « C'est pour quoi ? » et clac ! referme la porte illico si la réponse ne lui donne pas satisfaction.

Je ne repris donc ma cure que le jeudi. Au passage de la « douane », le contrôleur principal se contenta d'un salut ironique. Je décidai de sécher les gaz thermaux et de me diriger sans préambule vers la Nébulisation.

— Monsieur Hoskyns, je vous attendais, lança la tenancière.

— Vous m'attendiez ?

— La joie d'accueillir les autorités de la station !

— Madame me fait trop d'honneur !

— Avant-hier, je vous ai vu filer à l'anglaise...

Elle émit un rire en cascade, dont elle parvint difficilement à se déprendre.

— Cette plaisanterie, notai-je, on me l'a faite mille fois.

La matrone pinça le bec, vexée, rajusta sa coiffe, son corsage, me présenta du bout des doigts, comme à regret, une serviette blanc et bleu et salua avec empressement le client qui venait de se présenter dans le corridor.

À l'intérieur de la salle, je me mis à tournoyer, vrillant l'espace de mon bras. Je heurtai divers obstacles et essuyai diverses invectives. Reconnaissant la voix haut perchée du meneur de jeu, je stoppai net et reculai. La silhouette des deux comploteurs en veste de cure, la capuche sur le crâne, se dessina à main droite.

— Marché conclu, à quelques détails près, déclara le meneur de jeu.

« Zut ! me dis-je. J'ai raté un épisode à cause de cette vieille sotte. »

— Quelques détails ! ironisa l'homme à la voix grave. Mais vous ne m'avez même pas précisé qui je devais...

—... punir.

— Et le million ? Quand aurai-je le million ?

La façon de poser la question trahissait une impatience extrême. Mais comment s'étonner que le commanditaire veuille s'assurer que son exécuteur était fiable, capable de remplir le contrat, de maîtriser ses nerfs et sa langue ? Peut-être se laissait-il aussi la faculté de revenir en arrière, d'ajourner son dessein, si cessait la trahison. En toute hypothèse, l'attitude de son vis-à-vis sembla l'agacer :

— Vous me parlez d'argent, alors que toute cette histoire... mon histoire, est affaire... de cœur.

Le meneur de jeu se leva d'un mouvement vif. Son compagnon l'imita et lui saisit le bras pour l'obliger à se rasseoir, à reprendre la discussion.

— Excusez mon impatience, bougonna-t-il.

La réponse fusa :

— C'est moi qui fixe les règles. Je sais ce que je fais.

Après un long silence, la voix haut perchée se radoucit :

— Nous reprendrons notre affaire demain. Allez ! bonne journée... Et soyez sage !

Cette fois, le colosse ne demanda pas son reste. Je l'entendis claquer la porte de la salle de Nébulisation. En s'esquivant, le commanditaire se montra plus discret. Quand, au bout d'une poignée de minutes, il disparut dans le brouillard, ce fut à mon tour de décamper. Conscient que la gardienne des lieux m'avait voué aux gémonies et que notre fâcherie pouvait perturber mon enquête, je lui graissai la paluche de vingt francs. Elle me gratifia d'un sourire proportionné et s'enquit :

— Aurai-je votre visite demain, monsieur le gentil libraire ?

— Si Dieu me prête souffle !

De retour à la maison, je devais avoir l'air perturbé. Ma femme, Louisette, m'observa d'un œil inquiet. Une question lui brûlait les lèvres. Elle attendit le déjeuner pour me la poser :

— Peter, que t'arrive-t-il ?

Je répondis sottement :

— Je suis allé à l'Établissement, ce matin.

— Figure-toi que je m'en étais aperçue ! Mais, au retour, tu avais la mine défaite. Ce n'est pas la première fois que tu fréquentes les Thermes. Or, je ne t'ai jamais vu si mal en point, les soins terminés.

— Un effet de l'âge ! expliquai-je.

— Te-te-te, objecta Louisette, en agitant l'index droit. Tu es un cachottier !

Je me réfugiai dans le silence. Soudain, une phrase glissa de mes lèvres :

— J'ai surpris un complot.

— Que veux-tu dire ?

— J'ai été témoin de... la préparation d'un... crime. Ou, du moins, ça en a tout l'air.

— Mon Dieu ! s'exclama Louisette. J'espère que tu vas prévenir les gendarmes !

— Pour dénoncer quelqu'un, encore faut-il disposer d'un signalement. Or, les deux larrons qui ont attiré mon attention préparent leur coup dans une salle de brouillard, en veste de cure, la capuche sur le crâne... ! Quant à leurs voix, elles ne m'évoquent personne.

Louisette me décocha un regard perplexe. J'ajoutai, pour faire bonne mesure :

— Il me manque également le nom de la future victime. Demain peut-être...

Ma femme parut rassurée. Elle me lança cependant :

— Prends bien garde où tu mets les pieds ! Et puis, n'oublie pas que tu as une famille...

— Dès que je saurai..., promis-je, j'irai m'ouvrir de l'affaire à la maréchaussée.

Quand elle dispose d'un peu de temps, Mlle Bénard ne dédaigne pas de faire un crochet par le magasin, afin de se détendre et de s'approvisionner en romans et en essais qui lui servent de compagnons pendant ses nuits d'insomnie. Le jeudi où je m'étais fâché puis réconcilié avec la dame de la Nébulisation, nous la vîmes en début d'après-midi. Elle nous entretint des derniers potins de la paroisse. Le téléphone sonna. Louisette se précipita et j'en profitai pour évoquer l'unique monitrice de Saint-Matthias, Mary Nicholson.

Cette étudiante en histoire de l'art à Cantorbéry vient de temps à autre à la librairie, comme pour y humer l'air du pays natal. Sa silhouette gracile est plutôt appétissante mais elle porte de désastreuses lunettes à monture rose bonbon, encadrées par deux espèces de petites cornes. Elle semble considérer son séjour à Saint-Silice comme un moyen de rédemption. Et cela explique sans doute que les bambins de Saint-Matthias prennent un malin plaisir à lui faire répéter les deux ou trois douzaines de termes courants sur lesquels elle trébuche.

— Comment se comporte ma chère compatriote ? demandai-je à la directrice de Saint-Matthias.

— Ne m'en parlez pas ! Son dortoir est en effervescence, au bord du chaos. À me faire regretter d'avoir mis l'Angleterre à contribution !

Il n'y avait, me sembla-t-il, nul humour dans cette charge. Ce qui m'autorisa à décocher une perfidie :

— Nous autres Britanniques avons des méthodes éducatives plus souples et plus civilisées que les Continentaux. Nous ne brimons pas l'enfant, nous faisons confiance à sa nature. Les résultats ne semblent pas si mauvais ! Combien de héros de notre histoire furent, dans leur jeunesse, de fieffés chenapans !

— Les résultats de Mary se résument ainsi, corrigea Cheftaine : prévalence anormale des crises d'asthme dans le dortoir des petits. En plus, *votre*

Nicholson a tout d'une extraterrestre. Vous savez ce qu'elle fait pour tâcher d'endormir ses bambins le soir ? Je vous le donne en mille : elle leur explique les toiles de Gainsborough.

— Déformation professionnelle !

— Pour comble de malheur, votre adorée compatriote égare tout.

— Comment cela ?

— Tenez, mardi, au moment de partir pour l'Établissement, il lui manquait deux carnets de cure. J'ai dû faire du charme au contrôleur principal pour qu'il ne refoule pas mes deux asthmatiques privés de laissez-passer. De Mary, quelle assistance ai-je reçue ? Des larmes, des torrents d'excuses et la promesse de ne plus recommencer.

Je fixai Odette Bénard, stupéfait par ses révélations. Comme pour m'assurer que j'avais bien entendu, je marmonnai :

— Deux carnets de cure ont disparu. On les a subtilisés ?

— Subtilisés ? J'avoue que je n'y avais pas pensé. Mais, Peter, qu'est-ce qui vous permet d'avancer pareille hypothèse ?

Allais-je évoquer mes deux comploteurs ? Je craignis que, si je racontais la scène de la cascade et les deux rendez-vous en salle de Nébulisation, Cheftaine ne sabote mon travail d'enquêteur par une intervention intempestive. Débarrassée de son correspondant, Louisette revint vers nous et son retour mit fin à nos supputations. Ainsi, me répétai-je, deux carnets de cure avaient disparu de la chambre de Mary Nicholson, au milieu du dortoir des petits de l'institut Saint-Matthias.

— Odette, déclara ma femme sans trop de prudence, il faut que je vous informe : l'envie de fréquenter les Thermes démange Peter. Il me quitte aux aurores, déguisé en curiste.

La gouvernante-directrice me toisa comme une mère son enfant chapardeur. Plutôt que de commenter ma subite conversion au thermalisme, elle déclara d'un ton sec, le sourire énigmatique :

— La nouvelle de la cure de Peter était parvenue jusqu'à moi.

Je reconnus le caractère cocasse de la situation : tandis que je pistais deux graines de criminels, je faisais moi-même l'objet de toutes les attentions des services de Mlle Bénard.

Celle-ci prit congé et retourna à ses asthmatiques.

Ce jeudi après-midi, je n'eus guère la tête à ma clientèle. Et j'avais l'impression qu'à peine écloses, mes idées s'embourbaient.

Avec le crépuscule mes facultés intellectuelles parurent se ragaillardir. Il me revint — à moins qu'il s'agisse d'une hallucination — que le mot *presbytère* avait été prononcé par le meneur de jeu. À supposer l'information exacte, comment l'interpréter ? Pour exercer une mission punitive, un personnage au sexe indéterminé avait décidé de s'attacher les services d'un tueur. Attiré par l'appât du gain, celui-ci avait accompli la phase préliminaire du travail, pénétré dans la chambrette de Mary Nicholson, s'était emparé de deux carnets de cure, en avait gardé un pour son usage propre, adressant le sccond sous pli cacheté à son commanditaire. Selon toute vraisemblance, il avait ses entrées à Saint-Matthias. En allait-il de même pour le bailleur de fonds à la voix haut perchée ? Le court délai laissé pour l'acheminement du carnet de cure — une seule journée — permettait de l'inférer.

En arrivant aux Thermes, vendredi, à six heures quarante-cinq, je me fondis dans la cohorte des curistes. Ça poussait, ça coinçait, ça criait du côté du tambour. L'impression de foule tentaculaire se dissipa dès que j'accédai à l'immense hall où s'élancent des colonnes doriques. « Tourne à droite, s'il te plaît, ne va pas t'aventurer dans le secteur des femmes et des enfants, me suggéra une voix intérieure. Et si tu essayais de snober le contrôleur principal ? » Je rajustai mon écharpe de façon à plonger dans le plus total anonymat. À la « douane », je présentai mon « passeport » à l'envers. Le contrôleur en question lissa l'extrémité droite de sa moustache, puis fronça les sourcils, qu'il avait broussailleux.

— Monsieur, veuillez avoir l'obligeance de présenter correctement votre document.

Je retournai mon laissez-passer. Le visage de l'homme s'épanouit de malice :

— Je vois ! Monsieur Hoskyns nous rend visite IN-CO-GNI-TO ! s'écria-t-il en détachant les syllabes.

La régente de la Nébulisation s'était répandue à mon sujet. Je réfléchis à la manière d'acheter son silence. Contrairement à la veille, je décidai de ne pas me contenter d'un traitement curatif, mais d'aligner dix francs à titre préventif. Puis je pénétrai dans le corridor en dénouant mon écharpe d'un geste théâtral.

— Bonjour, chère madame.

La saluée arbora un sourire en rapport avec ma récente générosité.

Avant de m'approcher du comptoir, je sortis mon porte-monnaie, farfouillai parmi pièces et coupures, en tirai deux billets malingres et chiffonnés. Le visage de mon interlocutrice franchit encore quelques degrés dans l'échelle de la jovialité.

— Chut ! lui intimai-je en remettant mon obole.

Puis, profitant de ses bonnes dispositions, je lançai d'un air d'innocence :

— N'est-ce pas qu'il faut se déshabiller ?

— Vous voulez dire : dans la Nébulisation ?

Je fis signe que oui.

— Bien sûr !

— Pourtant, il y en a qui ne se déshabillent pas.

— Je suis au courant, expliqua la matrone. Je les ai repérés : deux sourds-muets, j'imagine. Car j'ai eu beau les rappeler à l'ordre, le premier jour, ils ont agité les bras, l'air de rien comprendre. J'ai même essayé de les agripper par la veste. Mais psitt ! Ils m'ont filé entre les doigts.

— Vous savez d'où ils viennent ?

— Comment voulez-vous que je vous le dise, monsieur Hoskyns ?

— Croyez-vous qu'ils logent au même hôtel ?

— Je n'en sais fichtre rien !

— Cette salle est un vrai sauna, ajoutai-je. Alors les deux larrons, avec leur veste de cure...

— Tant pis pour eux s'ils ont trop chaud ! Je les aurai prévenus.

Désespérant d'obtenir quelque indice de mon interlocutrice, je m'engageai d'un pas alerte dans le brouillard. Trop alerte même. Car je bousculai un premier, puis un deuxième curiste. Les comploteurs avaient trouvé refuge dans un recoin où, en général, personne ne s'aventurait. Ils ne parlaient pas, mais chuchotaient. Une partie de leurs propos m'échappa tout d'abord. Au bout d'une petite minute, mon ouïe s'étant affinée, les sons devinrent audibles et je parvins à renouer le fil.

— Toujours partant ? interrogea le personnage à la voix haut perchée.

L'autre ne répondit pas.

— Ce ne sera pas facile... avec tout ce monde...

— Je choisirai le moment.

— Et quelle méthode allez-vous employer ?

Le colosse se dessina de la main une entaille fictive sur la partie avant du cou et laissa échapper un cri aigrelet.

Il s'attira ce commentaire :

— À vos risques et périls ! Par la suite, ne comptez pas sur moi. Un abîme... se creusera entre nous. Ce sera... chacun pour soi.

Cette perspective n'eut pas l'air de troubler le futur assassin. Il s'écria :

— Et le paquet ?

— Parlez moins fort ! (À voix basse :) Quel paquet ?

— Le fric.

Cette fois, le meneur de jeu ne sembla pas prendre ombrage de la requête :

— Rassurez-vous, vous l'aurez. La moitié... dans un bref délai. Le reste... une fois l'opération terminée.

— Ça veut dire quoi, bref délai ?

— Demain matin, à sept heures, ici même, je vous remettrai la somme.

— J'en ai marre de vos simagrées.

— Nous pouvons tout arrêter, tirer un trait sur nos échanges... Ce serait dommage, n'est-ce pas, à deux doigts de la conclusion ?

— Comment s'appelle... ?

— Demain, vous dis-je, vous aurez tout : votre salaire, le nom de la... personne, l'endroit où elle habite.

Sur ces précisions, le meneur de jeu s'enfonça dans le brouillard. Son compagnon parut tout étonné de ce départ précipité. Il pinça l'espace avec ses doigts, comme pour accrocher un bout de tissu ou de chair.

Abandonné par son mentor, le personnage avait perdu de sa belle assurance. Il fit quelques minuscules pas d'une démarche chancelante et s'éclipsa. Je laissai passer un quart d'heure, puis jaillis hors de la salle de Nébulisation. La maîtresse des lieux s'arracha à la lecture de son quotidien.

— Avouez, déclara-t-elle, que cela vous a fait du bien.

Sans le moindre à-propos, j'enchaînai :

— Encore une fois, je suis tombé sur les deux sourds.

Mon interlocutrice fit semblant de s'étonner :

— Ils sont sortis ?

— Ils ont décampé.

Le dialogue aurait pu se clore ainsi. Mais, comme la dame voyait que je m'intéressais décidément aux deux personnages et qu'elle voulait m'être agréable, elle m'adressa cette question :

— Vous n'avez rien remarqué de malhonnête ?

— Ma foi non. Pourquoi ?

— Parce que, certains matins, dans le brouillard...

— Que se passe-t-il ?

— Il y en a qui se léchouillent et qui se papouillent. Des horreurs ! Il m'arrive d'avoir envie d'appeler la police des mœursss.

Je me fis rassurant :

— Ces deux-là paraissent corrects.

Puis glissai :

— Un détail : quand ils ont pénétré dans la salle...

La dame arbora des airs de grosse poire sure. Elle répéta :

— Oui, quand ils ont pénétré...

— Vous ne les avez pas vus tituber ?

— Comme s'ils avaient bu ? demanda-t-elle.

— Exactement !

— Je peux vous garantir qu'ils marchaient bien droits.

Je gratifiai mon interlocutrice d'un sourire reconnaissant : à la manière dont les comploteurs se dirigeaient, sans lunettes, dans le brouillard, cela signifiait qu'ils n'avaient pas de problèmes de vue.

Je rentrai à la maison, tout à la joie de cet indice, bien conscient pourtant du chemin qui restait à parcourir. Ma perplexité, ma tension intérieure devaient se lire sur mon visage car, en m'accueillant, une pile de livres coincée entre ses mains et son menton, Louisette me dédia cette remarque :

— Mon ami, tu as l'air dans les vapes.

« Demain, me dis-je plus tard, tout s'éclaircira : je connaîtrai le nom de la victime désignée. Alors, je cesserai d'être ce témoin passif, ce voyeur du petit matin. Je pourrai donner l'alerte. Je sauverai une vie. »

J'informai Louisette de la bonne nouvelle.

C'était l'un de ces matins crasseux où les nuages couleur de suie font du rase-mottes, une de ces trouées d'hiver en plein cœur de l'été. On ne pouvait parler de lever du jour, tant la rue, envahie par le crachin, ressemblait à une salle de nébulisation. Louisette gisait sur la couche conjugale, vêtue d'un simple boxer-short en soie rose. Le mouvement par lequel je m'extirpai des draps ne parvint pas à la tirer de l'insouciance du sommeil. Je traînai dans l'appartement plus que d'habitude, puis me lançai dans le *fog* piquant. Bienheureux crachin qui me permit de croiser sans qu'il me reconnaisse l'abbé Ducombet, le second vicaire, emmitouflé dans une pelisse noirâtre, le pas alerte, comme si, malgré le temps maussade, il lui tardait de s'aventurer sur les routes sinueuses, à la recherche d'un amateur de Dragoon !

Une rue à droite, une ruelle à gauche, une ruelle à droite, un bout d'avenue. J'aperçus la façade en pierre de lave de l'Établissement. Un épais plastique recouvrait l'étal du kiosque à journaux, empêchant la bruine de détériorer, sur les couvertures, des anatomies généreusement offertes.

Cheftaine était postée à l'entrée de l'Établissement. L'écharpe disposée en étole, l'anorak entrouvert, la serviette de cuir noir fichée au creux de l'aisselle droite, elle semblait surveiller les allées et venues. Ma trajectoire impliquait que j'aboutisse dans les bras de la directrice. Je décidai de changer d'orbite, non sans avoir relevé mon écharpe d'un bon centimètre, afin de dissimuler mes yeux vert émeraude qui, selon Louisette, constituent comme une marque de fabrique. Je crus que le fin limier ne m'avait pas débusqué. J'avais tort. À peine avais-je obliqué à droite, prêt à affronter le contrôle, que je m'entendis héler :

— Alors, monsieur Hoskyns, on ne dit plus bonjour ?

J'hésitai à faire comme si je n'avais pas entendu. Mais Bénard m'avait emboîté le pas. Je me retournai, baissai l'écharpe pour laisser filtrer une parole audible :

— Ah ! c'est vous, Odette ? En ce lieu ?

La duègne me fusilla de son ironie puis, se parant de douceur :

— Vous savez, dit-elle, pour votre cure, vous pouvez vous joindre à Saint-Matthias.

Au lieu d'invoquer une excuse recevable, je redoublai de sottise :

— Désolé, j'ai un rendez-vous.

Cette rencontre intempestive allait-elle me faire rater l'ultime discussion des comploteurs ? Je répondis assez froidement à l'accueil avenant de la régente de la Nébulisation. Son visage se chiffonna quand je lui arrachai une serviette sans avoir pris la précaution de sortir mon porte-monnaie. J'ouvris d'un mouvement vif la porte de la salle de Nébulisation. J'aperçus deux silhouettes tout de blanc vêtues, m'avançai vers elles, avec moins de prudence que d'habitude. Je captai la voix haut perchée du meneur de jeu :

— Alors, mon vieux, notre affaire...

Il fallait hâter le pas.

— La punition ? interrogea le colosse.

— Oui. J'aimerais conclure, vite.

— Je suis à vos ordres.

— C'est dans la grande maison.

— Je m'en doutais.

— Méfiez-vous de la vieille !

— Je saurai l'éviter.

— Approchez, bon sang !

Après une hésitation, l'homme vint se coller contre le commanditaire. Une fois qu'il eut courbé l'échine, celui-ci lui glissa à l'oreille une assez longue phrase dont je ne réussis pas à capter le moindre mot. Le message délivré, il se décontracta, amorça des mouvements de danse avec ses doigts.

Je crus que le couple allait se séparer. Mais le meneur de jeu sembla pris d'angoisse.

— J'espère, dit-il, que la porte ne sera pas... fermée à clé.

— Pas d'inquiétude ! Je saurai l'ouvrir.

— Alors tout est paré. À la grâce de Dieu !

À peine le mot Dieu prononcé, une quinte de toux plia en deux le commanditaire qui se tâta la poitrine.

Le calme revenu, son compagnon lui adressa une pressante requête :

— L'argent, il me le faut.

— Ah ! J'oubliais.

Un dense silence ponctua cet échange. Le meneur de jeu enfonça la main droite dans la poche correspondante de sa veste. Il en ressortit un grand rectangle de papier bistre qu'à peine émergé, il glissa à nouveau dans sa cachette. Il commença une phrase, s'interrompit, puis lâcha, de sa voix haut perchée :

— Comment vous dire... ? Je voudrais m'assurer que vous n'allez pas me... trahir à votre tour, empocher le magot, puis psitt...

— Un contrat est un contrat.

— J'entends bien... Mais on peut trouver tant de raisons pour ne pas l'honorer !

Cette fois, ce fut à l'exécuteur de s'énerver :

— Si vous n'avez pas confiance, on peut arrêter la manœuvre !

— Telle n'est pas mon intention. Mais tout irait tellement mieux si j'avais... quelque chose de vous. Une sorte de gage.

Affolé, le tueur entreprit de détailler son propre corps pour voir de quel accessoire il pourrait se dépouiller. L'examen se solda négativement. Le meneur de jeu lui saisit le bras gauche, engagea la main droite dans la manche de sa veste, s'empara de sa montre, me sembla-t-il, et s'évanouit dans le brouillard. Celui qui venait d'être délesté glissa alors le long de la muraille, se mit en position fœtale. Il resta un long moment le visage plaqué contre les genoux. Puis se redressa, palpa les poches de sa veste, dans l'espoir, supposai-je, d'y trouver le rectangle de papier bistre de tout à l'heure. En vain. Le meneur de jeu était bel et bien parti avec.

Je laissai s'écouler quelques minutes avant de sortir à mon tour. La gardienne me regarda d'un air dédaigneux. Je demandai :

— Les sourds ?

— Quoi, les sourds ?

— Ne me dites pas que vous ne les avez pas remarqués !

— Moi, vous savez, monsieur Hoskyns, l'espionnage c'est pas mon truc.

La menteuse ! Je plongeai la main dans la poche de mon pantalon fuseau, en extirpai un porte-monnaie, l'ouvris, y puisai une poignée de piécettes. Le visage de mon interlocutrice s'illumina et elle consentit à cette rétractation :

— L'homme trapu est sorti le premier, l'air enjoué. Quant au colosse, c'est une autre paire de manches. Il paraissait tout bougon.

Sans demander mon reste, je déguerpis de ces lieux malfaisants, redescendis dans le hall et, pris de vertige, m'installai sur un banc pour tenter de récupérer.

Tout, ce jour-là, devait s'éclaircir. Tout, au contraire, s'embrouillait. Le crime, qui visait un « traître », avait semblé si proche. J'en connaissais le lieu : « la grande maison », à savoir le presbytère. L'arme : un couteau ou quelque objet tranchant. Je connaissais le prix du sang : un million de centimes qui devait faire l'objet de deux versements. J'avais une idée de la stature des deux comploteurs ; et l'assurance que ni l'un ni l'autre, dans la vie courante, ne portait de lunettes. Je savais que l'assassin pressenti travaillait pour la paroisse et que le commanditaire à la voix haut perchée redoutait la présence de « la vieille » — très probablement mémé Charlier. Tout allait si bien, étais-je tenté d'affirmer. Mais voilà que mon scénario s'effondrait.

Je me sentis vidé et m'allongeai sur le banc. Je m'assoupis un court instant, jusqu'à ce qu'une voix bien connue me fasse sursauter :

— Peter, voulez-vous de la Coramine ?

Cheftaine ! Je me trouvais devant un cas de ce qu'un de mes professeurs de séminaire nommait l'« inclusion sémitique » : un texte — biblique, par exemple — s'achève de la même façon qu'il a commencé. Je fis signe que je n'avais pas besoin de Coramine. L'infirmière me tendit un bras que je repoussai dignement. Je restai encore quelques minutes sur mon banc, avant de regagner, seul, la librairie.

Il est des jours où l'on ne sait plus si l'on a vécu ou simplement rêvé sa vie. La fin de la semaine qui m'avait vu, à quatre reprises, me rendre aux Thermes, prit un tour calamiteux. Je triturais les événements pour essayer de les organiser en un scénario cohérent. Devant la maigreur du résultat, je conclus que mon imagination, débridée par une sorte de lassitude existentielle, avait fait feu de détails sans importance, sans qu'il y eût un quelconque substrat au complot que j'avais cru débusquer. Le dénouement me semblait prosaïque. Mais ainsi vont les jours de l'homme : ils sont prosaïques avec parfois, chez les plus chanceux, une touche de quelque chose de différent, un zeste de poésie, un effleurement de la Transcendance.

Pour intérioriser cette découverte, je décidai d'entreprendre un nouveau pèlerinage à la cascade de l'Écuerelle. Le ciel s'était débarbouillé, les montagnes débarrassées de leur tignasse de nuages. En ce début d'après-midi de dimanche qui, pour les commerçants de la station, était jour ordinaire, il soufflait un discret zéphyr.

Il me fallut moins d'une heure, cette fois, pour parvenir au pied de la cascade. À gauche, j'empruntai le minuscule pont qui enjambe le torrent et gagnai l'autre rive avec des précautions d'apprenti funambule. Je me dirigeai vers la cabane de forestiers. Je m'immobilisai, écoutant très attentivement : seul me parvint le bruit de métronome de la cascade. Je collai mon oreille droite à la jointure de deux planches savonneuses. Il n'y avait personne derrière. L'histoire se terminait en queue de poisson.

Après réflexion, cette conclusion m'apparut hâtive : les comploteurs ne s'étant pas donné rendez-vous à la cascade, comment s'étonner de ne pas les y retrouver ? Rien n'indiquait non plus que l'affaire fût close. Allait-elle rebondir dans les jours à venir ? Et sous quelle forme ?

À mon retour à la librairie, deux ou trois visiteurs, pas plus, humaient les jaquettes, palpaient les ouvrages. Par instinct, je me dirigeai vers le comptoir derrière lequel devait trôner Louisette. J'aperçus un peu de sa chevelure rousse, mais son visage, son buste m'étaient cachés par une silhouette carrée, engoncée dans un anorak bleu marine, serrant au creux de l'aisselle une serviette de cuir noir. Cheftaine ! Les deux femmes paraissaient deviser gaiement, encore que ce fût à mi-voix. Mon pas se fit précautionneux, pour me permettre de capter quelques bribes du dialogue. Il était d'une grande banalité. Je toussotai afin de manifester ma présence. Les deux interlocutrices se turent. Mlle Bénard se retourna.

— Peter ! lança, joviale, Louisette.

— Alors, mon coquin ? ajouta, énigmatique, la directrice de Saint-Matthias.

— Alors ? me contentai-je de murmurer.

— Votre cure ?

— Trop fatigante ! J'ai tout arrêté.

— Mon cher Peter, poursuivit la duègne, vous avez manqué de ténacité. La cure, c'est comme toute chose. Une fois qu'on a commencé, il faut entretenir le feu chaque jour. Ce n'est pas en...

saupoudrant votre été de stages à l'Établissement que vous guérirez. Et puis, pour guérir, mieux vaut ne pas courir plusieurs lièvres à la fois.

Odette Bénard baissa les yeux et ménagea une pause. Puis elle me fixa avec intensité, en disant :

— À propos, Peter...

— À propos de quoi ?

— Je m'étonne que vous ne demandiez pas de nouvelles de votre protégée, Mary Nicholson ?

Soupçonnait-elle que j'avais rendez-vous chaque matin avec l'étudiante en histoire de l'art ?

Je déclarai, goguenard :

— Des nouvelles de miss Nicholson ? J'allais précisément vous en demander.

— Eh bien ! devinez...

— Que je devine quoi ?

— Ce qui lui est arrivé.

— Rien de grave ?

— Au contraire !

— Dites-moi tout.

— Les carnets de cure.

— Quels carnets ?

— Ceux qui avaient disparu. Vous vous souvenez ?

— Oui, bien sûr.

— Figurez-vous qu'elle les a retrouvés.

— Quand ?

— Hier soir.

— Où ?

— Dans sa chambrette, révéla la duègne. Posés sur la tablette, bien en évidence. Comme si le *voleur* (elle hésita sur le mot) avait voulu réparer son larcin avec ostentation. Si je parle de voleur, c'cst à cause de vous. Vous sembliez tellement persuadé, il y a quelques jours, que les documents avaient été dérobés. Peut-être, depuis lors, avez-vous identifié le coupable ?

À mon tour de fixer Cheftaine et de lui assener :

— Vous croyez que j'ai le temps de m'occuper de ce genre de balivernes ?

Elle tourna les talons et partit, l'air fâché.

Quand nous fûmes enfin seuls, Louisette me demanda des nouvelles de mon enquête. Elle semblait très anxieuse. Je lui fis part de ma perplexité :

— Je me demande si je n'ai pas commis une erreur d'interprétation. Peut-être ne s'agissait-il pas d'un complot. Car la fin ne s'est pas du tout déroulée comme je l'escomptais : le tueur présumé n'a pas reçu son argent et, en plus, il s'est fait voler sa montre.

— Je préfère cette issue, commenta ma femme.

Mais son inquiétude reprit le dessus :

— Quel sens ce que tu as vu et entendu aurait-il, si l'on écarte l'hypothèse du complot ?

— J'avoue que je n'en sais rien, répondis-je, piteux.

J'ajoutai :

— Vu la tournure des événements, difficile de mettre les gendarmes dans le coup ! Ils me prendraient pour un mythomane.

Il ne me vint pas à l'esprit de contacter qui que ce soit, au presbytère de Saint-Silice.

II

L'exécution

À la maison de cure paroissiale, le nombre des moniteurs varie selon la période. Certains passent comme des météores. D'autres y prennent racine, en deviennent les piliers. Je compte parmi eux deux clients assidus.

Dominique Martin-Labreux explore la librairie une fois par semaine, lors de son jour de congé. Ce séminariste de vingt-trois ans respire la santé. D'ailleurs, chaque matin, après le petit déjeuner, il enfile un survêtement grenat et part faire de la course à pied, le long du chemin de la Rose.

De retour au presbytère, où il loge, il se douche, s'habille et se calfeutre une petite heure dans sa chambre pour satisfaire à sa boulimie de lecture. L'après-midi, quand il n'a pas de sieste à surveiller, il hante les galeries de peinture qui fleurissent l'été à Saint-Silice. Et, le dîner écourté, on le retrouve parfois au cinéma d'art et d'essai, en train de savourer pour la énième fois un vieux film.

Malgré sa petite taille, on le repère facilement, grâce à sa large carrure et à la singularité de sa mise. Car si ses confrères ont une prédilection pour les couleurs sombres, il arbore, lui, des pantalons de velours verts ou mastic ainsi que des pulls marins blanc cassé.

Dans la vie courante, il communique surtout avec ses mains. Mais lorsqu'il doit recourir au discours, c'est pour emprisonner son vis-à-vis dans un lacis de syllabes, comme si sa pensée se plaisait à jouer à cache-cache.

Le jeune clerc séjourne à Saint-Matthias pour le quatrième été consécutif. Malgré ses visites régulières, il conserve un certain mystère à mes yeux, car il se livre avec parcimonie. Je sais en tout cas que cet homme épris de liberté ne se laisse dicter ni ses opinions ni sa conduite.

Jean-Pierre Darineau, son condisciple à la faculté de théologie de Bandégave, âgé de vingt-six ans, diacre depuis peu, partage son indépendance d'esprit, mais il est plus flamboyant, plus extraverti. Je me souviens du jour où il franchit pour la première fois le seuil de la librairie. Avec sa silhouette efflanquée, ses mains interminables qui émergeaient d'une ample chemise brune, il avait des allures d'épouvantail. Et je crus déceler dans son regard une certaine propension à l'ironie.

Sur l'échiquier ecclésial, Darineau se range parmi les réformistes. Très critique à l'égard du christianisme insipide et vieillot, incarné à Saint-Silice par l'abbé Décoreur, il pense que le dernier concile réuni au Vatican a fait du « bon boulot ». Mais il déplore que, sous couvert de remise à jour, se soient développées des idées et des pratiques échevelées. Il déteste les liturgies sans consistance, émaillées de chansonnettes, la philanthropie de pacotille de catholiques réputés « dans le vent », leur optimisme béat quant à la marche de l'Histoire et leur dédain pour la spiritualité.

Je m'y retrouve assez bien dans les analyses de Darineau. J'apprécie ses qualités intellectuelles et sa manière de défendre ses idées sans mépriser celles d'autrui. Mais il y a entre nous deux quelque chose de plus profond, qui a trait au domaine du cœur.

Le vendredi 7 juillet, après déjeuner, le diacre pénétra dans la librairie. Je ne l'avais pas vu la veille. Je m'enquis de ce qui l'avait retenu, car il ne se passe pas de jour qu'il ne vienne me saluer. Il réfléchit, ne trouva rien qui valût la peine d'être raconté. Mais, après quelques considérations sur l'asthme et ses victimes, il se ravisa.

— Connaissez-vous le « professeur » Bourdalin, comme on l'appelle ?

J'hésitai avant de répondre :

— Oui. De vue tout au moins. Il passe à la librairie deux ou trois fois par an. Mais il n'est guère bavard, le bougre ! Il feuillette les ouvrages, puis repart sans émettre autre chose que des bougonnements, pour souligner leur peu d'intérêt.

— Je l'ai conduit hier soir à la gare, précisa mon interlocuteur, dans la propre auto de Mlle Bénard.

— Elle vous a prêté sa R 5 ?

— Figurez-vous que oui ! M. Bourdalin devait

se rendre dans la capitale par le train de dix-neuf heures vingt et une. Et la gouvernante était prise par le dîner de Saint-Matthias.

Darineau observa une pause avant d'ajouter à mi-voix, comme s'il s'agissait d'une information confidentielle :

— Le professeur avait l'intention de discuter d'arrache-pied avec son patron de thèse : un docte universitaire qui lui fait des misères, à ce qu'il m'en a rapporté.

— De quel ordre ?

— Il refuse tout bonnement d'accepter son travail en l'état.

Faute d'événements plus saillants, nous nous appesantîmes sur le personnage de Bourdalin. Le diacre me le croqua tel qu'il l'avait quitté la veille : rasé de frais, la bouille d'un rose de nouveau-né, portant des lunettes teintées, pareilles à des hublots. Son polo noir était serré à la gorge par une cravate marron dont le bout le plus étroit s'enfonçait dans le pantalon, tandis que le plus large s'arrêtait à mi-poitrine. À ses pieds, deux cartables remplis de documents, un sac en toile pour ses effets personnels, un second en plastique, dans lequel il avait glissé deux fromages régionaux, faits à point et odoriférants, destinés à amadouer son patron de thèse.

Je croyais Bourdalin membre du clergé. Darineau me révéla mon erreur : il s'agissait d'un pieux laïc. Le doyen l'avait embauché comme conférencier et s'était pris d'amitié pour lui. Pour la troisième saison thermale, le « professeur » brillait de mille feux à Saint-Silice, guidant ses auditeurs dans le labyrinthe de l'histoire de l'Église.

Il nourrissait une telle passion pour l'étude et la recherche, qu'à l'approche de la soixantaine, il n'avait toujours pas trouvé le temps de se marier. Je l'imaginais pédant. Darineau me rassura sur son compte : chaleureux, jovial, le professeur savait assaisonner d'humour ses exposés les plus savants et tirer de la gaieté de l'événement le plus sombre.

— Sans lui, me prévint mon visiteur, le dîner de ce soir risque d'être morose. Encore que je compte sur le père Charpentier, le prédicateur, pour mettre un peu d'entrain.

Quand mon ami Darineau reparut, le samedi 8, en milieu de matinée, il n'avait pas son air guilleret. Le visage défait, je crus qu'il allait m'annoncer le décès de son père ou de sa mère. Il s'empara d'un tabouret et, chose inhabituelle, s'assit en face de moi, de l'autre côté du comptoir.

— Il faut que je vous raconte, dit-il.

Il secouait la tête, comme pour souligner le caractère inouï et incompréhensible de ce dont il avait été le témoin. Il répéta :

— Il faut que je vous raconte.

Sa voix tremblait. Il se passa un mouchoir sur le front. La librairie était déserte. Voyant que mon visiteur ne parvenait pas à entamer son récit, je m'échappai pour monter à l'appartement, puis revins avec une bouteille de liqueur et deux verres. J'en tendis un à Darineau. Il y trempa les lèvres et se mit à raconter.

Impossible de retranscrire tous ses propos. Mais ils étaient suffisamment clairs et précis pour que je puisse, à ma manière, reconstituer le film des dernières quarante-huit heures.

Jeudi soir, 6 juillet. On croirait le presbytère plongé dans une ambiance d'avant concert. Le présentateur du journal télévisé vient d'envoyer ses titres, il entame à belles dents son premier sujet, la pochette frémissante. Le doyen déboule en catastrophe, rejoint sa place au milieu de la table, face au jardin. Il ôte son rond de serviette, demande qu'on lui résume les faits saillants de l'actualité. L'athlétique Martin-Labreux concocte un condensé des titres en dessinant des moulinets avec son couteau. Ducombet, le second vicaire, s'installe. Il fait signe qu'il a peut-être trouvé preneur pour ses Dragoon. Le doyen demande à Cheftaine qui s'apprête à enlever la soupière :

— Où est l'abbé Leroy ?

Pas de réponse. Il répète :

— Où est l'abbé Leroy ? Que signifient, à son sujet, ce silence et ce haussement d'épaules ?

Cheftaine a l'humeur pugnace. Tel Caïn interpellé par Dieu au sujet de son frère Abel, elle rétorque :

— Suis-je la gardienne de l'abbé Leroy ?

Et elle file à toute vitesse vers la cuisine, l'air maussade.

Leroy débarque, alors que le présentateur propose un assortiment de faits divers. Il s'affale sur sa chaise, écrasé par la misère du monde qu'il a touchée du doigt tout l'après-midi. On devine qu'il sollicite les circonstances atténuantes. Décoreur s'empourpre, se racle la gorge, lisse de ses pouces l'envers de ses bretelles, se plaque la main droite sur la bouche afin de filtrer la colère qui gronde en lui. Puis il attaque :

— Monsieur le vicaire, vous revenez sans doute de chez votre ami le bouffeur de curé ?

La remarque fait l'effet d'un électrochoc. En un éclair, l'abbé Leroy retrouve sa densité. Il se lève et, en sortant, hiératique, de la salle à manger, dégaine :

— Vous savez, monsieur Décoreur, il vaut bien, aux yeux de Notre-Seigneur, tous vos médecins et vos propriétaires d'hôtels.

Martin-Labreux doit se faire la remarque que son congé hebdomadaire commence sous les pires auspices. Contrairement à l'habitude, il accepte une deuxième lampée de ce saint-pourçain dont l'abbé Décoreur honore ses hôtes. Décontenancé par la sortie de son premier vicaire, le doyen s'en prend au dessert, jugé détestable, convoque Mlle Bénard pour lui signifier son appréciation, avec mission — délicate, selon Darineau — de la transmettre à Antonio, le cuisinier espagnol.

Le lendemain de l'algarade entre le doyen et son premier vicaire, le 7 juillet en fin d'après-midi, Bourdalin téléphone à Jean-Pierre Darineau :

— Je sors de chez mon patron de thèse. Un compromis se dessine, je vous raconterai. Je cherche Dominique Martin-Labreux. Vous ne l'auriez pas vu ?... Ah ! j'oubliais, c'est son jour de congé. Saluez-le au dîner. Ainsi que tous les autres.

Le repas se déroule dans une atmosphère morose. Leroy s'est fait excuser. La conversation flageole. Charpentier met la pédale douce à son humour. En torpillant la convivialité, il se montre solidaire de son grand ami le premier vicaire.

La place de Dominique Martin-Labreux reste vacante. Personne parmi les convives ne paraît s'en inquiéter. Mais, le dessert entamé, Cheftaine pointe son chignon dans la salle à manger :

— Qui sait où Dominique a pu passer la journée ?

— Pourquoi cette question ? demande Décoreur. Vous vous reconvertissez dans l'Inquisition ?

La gouvernante réprime un tremblement de tête. Darineau fait remarquer :

— Il envisageait d'escalader l'Écuerelle.

— Il fait nuit noire, objecte la gouvernante. Il devrait être de retour.

Puis elle hasarde une deuxième question :

— Personne ne l'a vu, ce soir ?

Personne ! Il n'assistait pas, que l'on sache, à la messe concélébrée de dix-huit heures. Le dîner achevé, il n'y a pas de conversation digestive. Les pensionnaires se dispersent tous en même temps, en échangeant de maigres salutations. Après leur départ, Mlle Bénard rejoint mémé Charlier dans la cuisine du presbytère. Jean-Pierre Darineau, qui s'apprête à monter dans sa chambre, les entend discuter. Il s'approche de la porte entrebâillée.

— Quand avez-vous aperçu Dominique pour la dernière fois ? demande Cheftaine à la vieille concierge.

— Hier au soir.

— Comment, hier au soir ? Il n'a pas pris son petit déjeuner ?

— Ma foué, non, mademoiselle Bénard.

— Et vous ne m'avez rien dit ? Si, comme l'affirme l'abbé Darineau, Dominique est parti pour l'Écuerelle, il a dû vous demander un pique-nique ?

— Ma foué, oui.

— Vous l'avez préparé, ce pique-nique ?

— Ma foué, oui, mademoiselle Bénard.

— Et Dominique n'est pas descendu le chercher ?

Mémé lève les bras au ciel, dubitative :

— I sé point.

— Où l'aviez-vous posé, ce pique-nique ?

— I sé point. P'têt' ben là.

Elle désigne une corbeille à pain, sur le buffet. Cheftaine l'inspecte, elle contient un sac en plastique. À l'intérieur, deux sandwiches, une banane, une orange. Un film transparent enveloppe une tranche de cake.

Jusque-là serein, Darineau sent l'inquiétude le gagner. Il escalade les deux premiers étages, frappe à la porte de son camarade, ne reçoit aucune réponse. Sans prendre soin de tourner la poignée pour voir si la chambre est fermée à clé, il monte quatre à quatre les marches jusqu'à sa tanière, dans la partie aménagée du grenier. Il ouvre, entre, allume sa lampe de chevet puis se dirige vers la planche de bois blanc, encastrée dans le mur de façade, qui lui sert de table de travail.

Il se met à genoux, écarte l'épais tapis. Une trappe apparaît. C'est un jeu d'enfant d'en faire pivoter l'abattant. Il s'y livre parfois, histoire de taquiner son collègue Martin-Labreux.

Ce vendredi 7, le diacre soulève la trappe, la tient ouverte au moyen d'un dictionnaire, s'allonge sur le parquet, scrute la chambre du dessous, ne voit rien qu'un trou noir. L'idée que son camarade puisse être plongé dans le sommeil ne l'effleure pas. « Dominique est au cinéma, pense-t-il, mais pourquoi a-t-il séché le dîner ? » Tendant l'oreille, il perçoit un bruit sourd qui vient de l'escalier, sort sur le palier, se penche par-dessus la rampe. Une masse sombre se dessine : la gouvernante.

Démangée par l'arthrose, elle gravit d'un pas de pachyderme les degrés recouverts d'épaisse moquette. De sa main droite, elle se maintient le bas du dos, comme pour s'assurer qu'il ne va pas se dissocier d'elle. Ses chaussures couinent. Arrivée au premier étage, elle s'accorde une pause, reprend sa respiration, se frictionne les reins. Le presbytère est plongé dans le silence que brise soudain la stridence d'un robinet.

Elle atteint le palier du deuxième étage, perçoit un raclement de gorge, qui provient de la chambre de Ducombet, le second vicaire. Le signal du concert est donné. C'est à qui s'éclaircira la voix !

Cheftaine se dirige sur la pointe des pieds vers la chambre de Dominique Martin-Labreux, fait grincer le parquet du palier. Elle effleure le montant de la porte de son index. Aucune réponse. Elle recommence son geste avec plus d'insistance. Toujours rien. Elle frappe une troisième fois, d'une façon plus énergique. Faute de réaction, elle actionne la poignée et, ne constatant aucune résistance, pénètre dans la chambre.

Darineau effectue une volte-face, s'engouffre dans son antre et gagne son poste d'observation.

La lumière jaillit juste en dessous. Le premier réflexe du diacre, ébloui, consiste à clore les yeux et à les rouvrir de façon progressive. L'exercice accompli, il peut balayer du regard la minuscule pièce. Mlle Bénard se dirige vers le lit. Une masse humaine est ensevelie sous un drap qui, en certains endroits, a pris une couleur lie-de-vin. Les couvertures ont été ramenées sur les jambes. Elle approche à droite, du côté de la table de nuit. Une énorme tache noirâtre dévore la moquette beige. Un petit livre gît à terre, qui ressemble à une bible. Sur la table, près de la lampe, deux autres volumes, aux titres indiscernables. Un bras surgit du lit côté droit, d'aspect marbré. Cheftaine le saisit : il a perdu sa plasticité. Elle soulève le drap, sent que ça accroche. Au prix d'un léger effort, elle parvient à dégager la tête. Dominique Martin-Labreux est barbouillé de sang. Sous le menton relevé, à la lisière du cou, il présente une méchante entaille.

Un crime ! Darineau refuse pourtant d'admettre l'évidence. Il pense que le sommeil l'a gagné, avec son cortège de rêves insensés. Il se frotte les yeux, se secoue, abandonne son observatoire, jette un regard circulaire sur sa chambrette, contiguë à celle de mémé Charlier, la vieille concierge. Il la trouve comme d'habitude. « D'ailleurs, essaie-t-il de se persuader, tout au presbytère est comme d'habitude. »

Il s'apprête à enlever le dictionnaire, à refermer la trappe. Mais, pour s'administrer la preuve de son hallucination de tout à l'heure, il s'octroie ce qu'il croit être un dernier regard. Il constate que Cheftaine se livre à une fouille de la chambre du dessous. Elle s'attaque au cabinet de toilette. Serviettes et gants ne semblent présenter aucune trace de sang. Dans la minuscule bibliothèque, en face du lit, deux ouvrages. Elle les feuillette. L'un comporte des illustrations. Il doit s'agir d'icônes. Sur la table de travail, qui fait angle droit avec la bibliothèque, elle remarque un sous-main vide, un bloc de papier à lettres, un paquet d'enveloppes.

Cheftaine ouvre chaque tiroir : dans celui de droite, elle saisit un mince carnet à couverture rose. Darineau l'a déjà vu, ce carnet. Il sert à Dominique à noter des citations et des observations prises sur le vif à propos de tel ou tel, les « flashes de sa vie », comme il disait. Odette Bénard glisse l'objet sous sa jupe. Et elle se dirige vers l'armoire en bois blanc. Dans la partie inférieure pendent des pantalons de velours dont elle fouille les poches sans recueillir d'autre butin que deux ou trois mouchoirs dénués de toute trace suspecte, quelques pièces de monnaie, une carte d'identité. Au-dessus de la penderie, les vêtements sont disposés en plusieurs piles : slips et tee-shirts aux couleurs acidulées, pulls marins blanc cassé. Le survêtement grenat, convenablement plié, tendrait à prouver que Dominique n'a pas accompli, ce vendredi, son exercice physique quotidien. Cinq ou six paires de chaussettes s'égaillent sur l'étagère, ainsi qu'une profusion de mouchoirs de coton.

La gouvernante passe en revue l'étagère supérieure. Elle en retire une couverture grise, puis un édredon jaunasse. En tombant, un réveil émet un grincement d'autant plus infernal que le presbytère était, depuis dix minutes, retourné au silence. Ducombet, le second vicaire, dont la chambre jouxte, côté rivière, celle de Martin-Labreux, recommence à se racler la gorge. Charpentier, le prédicateur qui loge au même étage, mais côté église, l'imite.

Une vingtaine de minutes plus tard, la fouille achevée, Odette Bénard semble connaître un moment d'abattement : elle s'assied sur la chaise, près de la table de travail, se prend le visage à deux mains. Cela ne dure que quelques poignées de secondes. Après quoi elle se redresse, rajuste son chignon, sort de la chambre, la ferme à clé et se lance dans l'escalier d'un pas décidé.

Darineau comprend désormais qu'il est de plain-pied dans la réalité. Il enlève le dictionnaire, rabat la trappe, boucle sa porte, descend en chaussons et se lance dans une poursuite précautionneuse de la gouvernante. Il veut absolument lui parler, qu'elle l'informe elle-même des événements. Car il a mauvaise conscience de les avoir appris un peu par effraction. Il l'entend frapper chez l'abbé Décoreur. Celui-ci ne répond pas. Peut-être estime-t-il sa tenue trop triviale pour accueillir un visiteur. Sans donc y être conviée, Cheftaine pénètre dans l'immense pièce d'un luxe baroque. Le diacre s'arrête sur le palier et, par la porte entrouverte, aperçoit le maître des lieux, assoupi au milieu de l'immense lit, pareil à un bouquet mortuaire au sommet d'un catafalque. Trois oreillers lui maintiennent le buste à quarante-cinq degrés. Il a passé une robe de chambre bleu roi par-dessus son pyjama rayé rose. Ses lunettes ont glissé vers l'extrémité de son nez. Étalé devant lui, un dossier. Sur la table de nuit de gauche, un cendrier avec une cigarette éteinte, à peine entamée. Le doyen a la détestable habitude de fumer au lit.

Odette Bénard appelle :

— Monsieur le curé ! Monsieur le curé !

Un ronflement lui tient lieu de réponse.

Elle s'approche de la table de nuit de droite. Dans une corbeille sont disposés des médicaments. Un flacon attire son attention : le couvercle n'en a pas été revissé, on s'est contenté de le reposer dessus. Ce soir, l'abbé Décoreur a dû avaler un barbiturique. Ainsi fait-il quand il est angoissé. Et qu'on ne lui dise pas surtout que c'est mauvais pour son cœur !

La gouvernante lance à mi-voix :

— Monsieur le curé !

Cette fois, pas de réponse. Elle murmure :

— Sans doute est-ce beaucoup mieux ainsi.

La remarque a pour effet d'intriguer Darineau. Il décide de surseoir à son projet de confrontation avec la gouvernante. Quand il voit s'ouvrir toute grande la porte du doyen, il amorce un mouvement de repli, se love, à deux pas, contre la cage d'escalier, puis entreprend de suivre la duègne à distance, en veillant à ne pas se faire repérer.

À peine Cheftaine a-t-elle posé le pied sur la première marche de l'escalier qu'un pêne grince à proximité. Elle tend le cou. Un maigre rai de lumière se projette sur le palier. Un homme se racle la gorge. Il lance :

— Tout va bien, mademoiselle Bénard ?

Le second vicaire s'égosille comme s'il se trouvait en chaire.

— Tout va bien, monsieur l'abbé, répond Cheftaine.

L'escalier descendu, elle bute sur l'abbé Leroy. Il a son apparence des mauvais jours, traits tirés, visage creusé, chevelure en broussaille. Ses lunettes déglinguées lui donnent un air de clown fatigué. Le premier vicaire paraît gêné qu'on le surprenne à cette heure tardive. Il se lance dans des explications :

— Je suis allé passer la journée chez le prof de gym du lycée. Il m'a parlé du futur mariage de sa petite dernière. Vous la connaissez, la Muriel ?

Elle s'est entichée d'un coureur de jupons. Le couple me semble promis au divorce !

Cheftaine se garde de commenter l'actualité pastorale du vicaire. Elle le gratifie d'un très sec :

— Bonsoir, monsieur l'abbé.

Ayant pris congé, elle revient sur ses pas, intriguée par le fait que la porte de la cuisine est close. D'ordinaire, mémé Charlier la laisse grande ouverte avant de monter se coucher. La duègne aperçoit de la lumière. Elle décide de manifester sa présence à grand fracas. Maltraitée, la poignée émet un bruit d'étranglement. Dans le fauteuil de la cuisine, mémé dort du sommeil du juste, ronflant comme un soufflet de forge, le menton allant et venant sur sa poitrine, au gré de la respiration. Bénard hésite, avant de lancer d'une voix impérieuse :

— Levez-vous, mémé. Qu'est-ce que vous faites ici à cette heure ?

— I sé point, mademoiselle.

Cheftaine réitère sa question, mémé Charlier sa réponse. Pour finir, la concierge se redresse et se met en route d'un pas chancelant. La duègne lui donne le bras jusqu'à l'escalier. La vieille femme agrippe la rampe. Il lui faut cinq bonnes minutes pour gravir les trois étages qui la séparent de son pigeonnier. Car elle se retourne sans cesse en direction du couloir, se demandant sans doute quel ouragan l'a conduite à pareil calvaire nocturne, alors qu'elle dormait délicieusement dans la cuisine.

Le tintamarre lié au déménagement et à l'ascension de mémé Charlier fait sortir du bureau du doyen Maric Gagnabie, l'institutrice au regard inquisiteur. Cheftaine sursaute, s'approche de l'intruse et lui dit d'une voix onctueuse :

— Marie, mon amie, venez, j'ai à vous parler.

Les deux femmes pénètrent dans le bureau de l'abbé Décoreur. Quand elles y ont disparu, Darineau se glisse dans le petit salon, juste en face. Puis, le temps pour elles de s'installer, il ressort et se poste dans le hall, au sol couvert d'épaisse moquette, à proximité de la porte dont le battant de gauche est à peine repoussé.

— Gagnabie, si vous parlez, lance Cheftaine, l'air terrible, je vous étripe !

Les jambes de l'institutrice vacillent, ses mains s'agitent de tremblements. Elle ôte ses lunettes noires et son visage apparaît dans sa nudité. On dirait quelque jeune pensionnaire prise en défaut par sa directrice, attendant avec angoisse l'intitulé du châtiment. Cheftaine fait signe à Gagnabie de s'asseoir sur le sofa. Celle-ci s'exécute avec empressement. Elle cale la pointe des fesses sur le rebord du siège. Mlle Bénard reste debout, à cinquante centimètres, les bras croisés.

— Marie, lui confie-t-elle tout bas, d'une voix qui a retrouvé de la douceur, il s'est passé un drame dans ce presbytère. Quelqu'un a trucidé Dominique Martin-Labreux. Il faut que personne — vous m'entendez : personne — ne l'apprenne. Je compte sur vous, Marie. Je le peux ?

L'institutrice opine du chef.

— Que dois-je faire ? demande-t-elle.

— Rester avec moi.

Darineau observa une pause. Il me fixa. Ce qu'il venait de rapporter était proprement hallucinant. Je ne pus m'empêcher de lui demander :

— Vous êtes sûr d'avoir bien entendu ?

— Entendu et vu. J'avais les deux interlocutrices en ligne de mire.

Mon visiteur reprit :

— Le discours de la directrice, inhabituel dans sa bouche, a renforcé ma perplexité : « Gagnabie, si vous parlez, je vous étripe » ! Puis : « Quelqu'un a trucidé Dominique Martin-Labreux. » Enfin : « Il faut que personne ne l'apprenne. »

Je proposai mon interprétation :

— Sans doute s'agissait-il d'une mesure conservatoire, comme pour signifier : tant que le médecin légiste ne s'est pas prononcé, que les gendarmes n'ont pas enquêté, il convient de rester discret. N'oubliez pas que Mlle Gagnabie a une fâcheuse tendance à se répandre.

Darineau s'abstint de contester mon analyse.

Nul besoin de fureter dans le mémento téléphonique de l'abbé Décoreur pour en extraire le numéro du Dr Bouchardon. Cheftaine abrite un annuaire sous son crâne. Elle compose les six chiffres, branche l'amplificateur de son, le dernier gadget à la mode. On décroche dès la première sonnerie :

— Allô ! Ici Odette Bénard.

— Mme Bouchardon à l'appareil.

— Je sais. J'ai reconnu votre voix.

— Des problèmes chez vous ?

— Dcs problèmes en effet.
— Pas graves, j'espère ?
— Si ce n'était pas grave, je ne vous dérangerais pas, madame.
— Je suppose que vous désirez parler à mon mari ?
— Félicitations de l'avoir deviné !
— Eh bien ! Sachez que le Dr Bouchardon se dépense sans compter pour la cause de ses malades... On vient de l'appeler pour un étouffement nocturne. Je suppose que vous téléphonez aussi pour un étouffement ?
Odette Bénard hausse les épaules.
— Dès que le docteur sera rentré, enchaîne sa correspondante, je lui dirai de descendre à Saint-Matthias.
— Non, au presbytère.
— Le père curé serait-il souffrant ? Son cœur, je présume ?
La réponse claque :
— Apprenez qu'au presbytère il n'y a pas que le père curé. Je ne vous dis qu'une chose : l'affaire urge. Et si M. Bouchardon se fait attendre, je serai obligée de recourir à un autre praticien.
Bénard raccroche sèchement.
— Et d'une ! commente-t-elle à l'intention de Gagnabie.
Elle compose de mémoire le numéro de Lizarou, le menuisier-ébéniste de Saint-Silice. Celui-ci décroche illico.
— Allô, dit-il.
La directrice se fait tout miel :
— Bonsoir, monsieur Lizarou. Je vous prie de

m'excuser de vous importuner à une heure aussi tardive mais je crains d'avoir besoin de vos services.

Lizarou a l'habitude des coups de téléphone nocturnes. Quand ils n'émanent pas de mauvais plaisants, ils annoncent un deuil. Mais il est rare qu'on le dérange pour cause de funérailles au cours de la saison thermale. Occupés à thésauriser, les autochtones n'ont ni le loisir ni le cœur de trépasser...

— Quel bon vent ? lance-t-il.

— Détestable.

— Mais encore ?

— Combien de temps vous faut-il pour fabriquer un cercueil ?

— Précisément, mademoiselle...

— Précisément quoi ? Vous le saviez ?

— Oui, je le savais... Vous aussi, je suppose...

— Comment donc !

Les deux interlocuteurs se rendent compte qu'ils ne parlent pas du même sujet.

— Que savez-vous au juste ? demande Cheftaine.

— Vous connaissez sûrement une dame Chastagnol, native du Capelet et qui y a passé toute sa vie. Oh ! une grand-mère. Elle a plus de quatre-vingts ans. Elle a *défuncté...*

— Elle est morte ?

— Oui. Et, pour comble de malheur, mon collègue Rosignac s'est cassé la patte. Il m'a demandé de le remplacer. Depuis sept heures du soir, je suis avec mon apprenti, à m'occuper du cercueil...

— Vous en avez encore pour combien de temps ?

— Ça tire à sa fin.

Cheftaine marque une pause, puis :

— Ce cercueil, il me le faut, dit-elle.

— Pour en faire quoi, sauf votre respect, mademoiselle ?

— À votre avis, Lizarou, quelle est l'utilité d'un cercueil ?

— Y a eu un malheur chez vous ?

Cheftaine hésite puis, d'une voix pathétique, lance :

— Oui, c'est ça... c'est pire que ça... Je vous en prie, Lizarou venez, toutes affaires cessantes... Ou plutôt... dans une heure. Je ne veux pas vous imposer le macabre spectacle.

— Vous savez, mademoiselle, si je n'avais pas le cœur bien accroché...

— Quand même !

— Je viens seul ou avec mon apprenti ?

— Oh ! Venez seul, mon bon monsieur. C'est vous que je veux !

Odette Bénard repose le combiné.

— Et de deux, conclut-elle devant une Gagnabie médusée.

— Vous avez mangé du lion, mademoiselle !

— Préparez-moi deux bassines, grande sotte, ordonne la gouvernante, sortez-moi une serpillière et du savon, prélevez quelques serviettes à la lingerie. Munissez-vous d'un balai de crin. Activez-vous. Bouchardon va sonner. Et bientôt, Lizarou débarquera avec son attirail. Je vous abandonne quelques minutes. Il faut que je fasse un saut à Saint-Matthias.

Elle planta l'institutrice sur le seuil du cabinet du doyen, actionna la tirette de la porte d'entrée. La nuit était douce, claire. Cheftaine s'emplit les poumons de la fraîcheur du matin nourrisson.

Je me souviens parfaitement du commentaire de Darineau à ce moment précis de la narration :

— La conversation avec Lizarou a attisé mes soupçons à l'égard de la gouvernante. Elle semblait si pressée de mettre en bière Dominique Martin-Labreux, sans doute pour que disparaisse la preuve du crime : cette béance à la lisière du cou et du menton. J'ai repensé à son attitude à l'égard de l'institutrice, à cette phrase surtout : « Il faut que personne ne l'apprenne. » J'ai présumé qu'elle allait se lancer dans une entreprise de maquillage. Au bénéfice de qui, je vous le demande, sinon d'elle-même ?

— Vous... vous n'y allez pas un peu fort ?

— La suite allait confirmer mes doutes.

J'étais estomaqué : Mlle Bénard employant son industrie à étouffer un crime, voilà qui ne lui ressemblait guère. Dans les milieux catholiques de Saint-Silice, elle passait pour un modèle de vertu. Et les milieux laïcs la surnommaient « sainte Odette » — avec un rien d'ironie, il est vrai.

Je fixai mon interlocuteur. Une phrase jaillit de mes lèvres, comme une évidence :

— S'il en est ainsi, j'imagine que vous êtes allé

trouver le doyen tôt ce matin et que celui-ci a alerté la gendarmerie ?

Darineau se tut, puis m'adressa un signe négatif de la tête.

— Jean-Pierre, je ne vous comprends pas !

— Mettez-vous à ma place. Vous me voyez en train de débouler dans le bureau de l'abbé Décoreur et de lui déclarer : « Cher Père, j'ai une mauvaise nouvelle. Dominique Martin-Labreux a été assassiné » ? Il m'aurait regardé d'un œil éberlué et m'aurait demandé : « Qu'est-ce qui justifie, de votre part, une allégation aussi grave ? Quelles sont vos sources ? » J'aurais répondu : « Entre la chambre du défunt et la mienne, il y a une trappe et c'est par là que... »

— Je suppose que l'abbé Décoreur connaît l'existence de celle-ci. Pourquoi se serait-il étonné que vous y fassiez référence ?

— Écoutez, elle a été condamnée du temps de son prédécesseur, quand on a aménagé de nouvelles chambres. C'est moi qui l'ai descellée, avec la complicité de Dominique. Par gaminerie et par jeu.

— Et alors ! Le doyen ne vous aurait pas mis à la porte pour une faute aussi bénigne, d'autant qu'elle vous aurait permis de détecter un crime.

Darineau me regarda à son tour, l'air de dire : « Vous n'y comprenez vraiment rien. »

— Mais enfin, insistai-je, si l'on laisse de côté cette histoire de trappe, vous avez surpris certains propos, certains agissements, surtout de la part de Mlle Bénard. Vous pouviez les rapporter !

— Vous rêvez, Peter ! Vous savez bien la place

qu'occupe Mlle Bénard dans la vie du doyen : c'est elle qui fait tourner Saint-Matthias. Or, pour une bonne part, Saint-Matthias alimente financièrement la paroisse. Et s'il n'y avait que cela ! Mais elle exerce avec un zèle incroyable son rôle de gouvernante, veillant à tout, au confort matériel de l'abbé Décoreur, à ses intérêts, à sa santé. Si j'avais mis en accusation le soutien de sa vie, non seulement il ne m'aurait pas accordé le moindre crédit, mais il m'en aurait voulu.

— J'aimerais que vous m'expliquiez, Jean-Pierre, votre ligne de conduite.

— Identifier le criminel et, preuves à l'appui, prévenir moi-même les gendarmes.

Darineau hésita et, d'un air de supplication, ajouta :

— Peter, cet objectif, je ne peux pas l'atteindre sans vous. C'est pourquoi je vous raconte toute l'histoire. Vous connaissez la station mieux que moi. Il y a beaucoup de gens importants auxquels vous avez accès. Il faut que vous acceptiez de m'aider. Quand nous aurons découvert la clé de l'énigme, promis, nous ferons, vous et moi, en sorte qu'éclate la vérité, quel qu'en soit le prix. Mais pour parvenir au but, il faudra que nous nous disions tout.

J'attribuai l'attitude de Darineau à de la pusillanimité ecclésiastique, fondée sur la crainte de déplaire au chef. Mais, maintenant que le diacre était plongé dans le pétrin, il me paraissait difficile de le laisser tomber. D'autant que, j'en étais persuadé, l'enquête ne durerait que quelques heures, au pire quelques jours.

— D'accord, l'abbé, déclarai-jc. Finissez votre récit. Après, j'aurai des choses à vous raconter.

Le visiteur se mit à siroter son verre de liqueur. Je pensai alors au Dr Bouchardon, dont Mlle Bénard avait requis les services. Curieux personnage que ce diplômé d'allergologie et de médecine légale ! Regard renfrogné, menton en galoche, paluche qui ne se tend qu'avec parcimonie. Pour le faire accoucher d'un diagnostic il faut recourir aux forceps. Et il ne se risque que quand le mal est définitivement enrayé. « Directeur médical » de Saint-Matthias, Bouchardon est un familier du doyen. Il a créé avec lui le « Club des mousquetaires », auquel participent une poignée de notabilités catholiques de la station. Parmi elles Lizarou, le menuisier-ébéniste, conseiller municipal et challenger désigné du maire radical-socialiste pour les prochaines élections.

Décidément, Darineau avait vu juste : en recourant à deux mousquetaires, Mlle Bénard avait mis tous les atouts de son côté. Je fis part de ma remarque au diacre. Ce fut ma première contribution à l'enquête.

Par la fenêtre du petit salon en face du bureau du doyen, Darineau voit la duègne traverser l'avenue Jean-Moulin quasi déserte, soulever le loquet du portail de l'institut Saint-Matthias. Au lieu de gravir les marches du minuscule perron, juste en face, et de gagner ses appartements — un bureau exigu, coiffé d'une mezzanine — par le plus court chemin, elle bifurque à gauche et emprunte l'escalier qui dessert le « sous-marin ». Elle extirpe de la poche droite de sa jupe anthracite ce qui doit être un trousseau de clés.

Le diacre apprit une partie de ce qui s'était passé à Saint-Matthias par miss Nicholson, « la » monitrice. Ses bambins dormaient. Elle n'arrivait pas à trouver le sommeil. Elle descendit dans le « sous-marin » pour s'y rafraîchir et croquer une pomme. En traversant le réfectoire des curistes, elle entendit un bruit de conversation. Elle reconnut d'abord la voix de la directrice, qui parlait d'un ton sec, puis celle de l'abbé Edmond Garcin, son collègue moniteur, chef de la section des « moyens ». Elle s'approcha à pas feutrés et compris que Mlle Bénard lui passait un savon :

— Qu'est-ce que vous faites ici à cette heure ?

— Mais, mademoiselle...

— Et à supposer que l'un de vos jeunes ait une crise d'asthme... ?

— Mais, mademoiselle...

— C'est de la désertion !

— Oh ! Je vous en supplie, mademoiselle.

Garcin s'apprêtait à battre en retraite. Cheftaine eut encore le temps de lui glisser une phrase :

— Et en plus, il manque un couteau !

Mary Nicholson n'avait aucune envie de se frotter à la directrice. Elle regagna sa chambrette, tout en restant aux aguets. Au bout d'une demi-heure, elle retraversa le dortoir, ouvrit la porte qui donnait sur l'escalier. Le silence régnait à nouveau. Elle se rendit dans les cuisines avec une prudence de Sioux, alluma une loupiote, se dirigea vers l'imposant four électrique.

Son regard se porta sur le mur, juste au-dessus. Une planche de bois blanc y était suspendue. La traversant de part en part, une lanière ondulait en une parfaite sinusoïde. Chaque renflement était destiné à accueillir un couteau. Mary Nicholson remarqua que deux d'entre eux étaient vides. Il ne manquait pas un couteau, comme l'avait indiqué la gouvernante à Garcin, mais deux.

Darineau n'eut guère le temps de se féliciter de ses excellentes relations avec l'Anglaise, qui lui avaient permis d'obtenir de précieuses informations. Car je l'interrogeai sur Edmond Garcin qui venait, lui aussi, de la faculté de théologie de Bandégave. Fils d'officier, ce séminariste âgé de vingt-quatre ans apparaissait comme un homme d'ordre et d'idéal. Très à droite sur le plan politique, il flirtait avec l'intégrisme. Austère jusqu'à l'ascétisme, il avait le culte de l'autorité et du sacrifice. Ses dispositions pour la spiritualité étaient évidentes. Aussi, à Saint-Matthias, le surnommait-on « le mystique ». C'était un tempérament anxieux, sujet aux problèmes digestifs, et un insomniaque. Avec un côté Savonarole, très à cheval sur les principes.

Mon informateur n'avait jamais surpris chez Garcin d'animosité déclarée pour Dominique Martin-Labreux. Mais il devait le juger un peu mondain et extravagant, manquant de cette rigueur de pensée et de conduite qu'on attend d'un aspirant au sacerdoce.

En regardant de l'autre côté de la rue, Darineau aperçoit Mlle Bénard qui ferme la porte du sous-marin et traverse la cour de Saint-Matthias. Il descend les escaliers et se réfugie dans le petit salon, face au bureau du doyen. Le presbytère réintégré, la gouvernante discerne, au bout du hall d'entrée plongé dans la pénombre, la silhouette cocasse de Marie Gagnabie qui vient de surgir du débarras, près de la cuisine. L'institutrice a passé un tablier bariolé sur sa jupe crème et son chemisier noir. Elle s'est couvert la tête d'un fichu noué sur l'occiput, tient dans la main droite un balai de crin, le manche à terre. La gouvernante lui décoche cette remarque :

— Vous vous prenez pour un garde suisse !

Délestée de ses lunettes noires, le bec entrouvert, Gagnabie reste sans réaction. Cheftaine poursuit :

— Comment ! Pendant tout ce temps (une petite demi-heure), vous êtes restée là, plantée, sans rien faire ?

— Mais, mademoiselle, vous avez bouclé la porte du moniteur.

— Et pourquoi n'avez-vous pas utilisé votre passe-partout ?

— Mon... mon... passe-partout ?

— Quelle gourde !

Après cette exclamation, la directrice, portant un torchon telle une relique, s'engage dans l'escalier d'un pas décidé. L'infortunée suit son sillage avec pour bagage un balai, trois draps de bain, deux bassines, l'une carrée, l'autre oblongue. Périlleux exercice ! Au bout de sept ou huit marches, la bassine oblongue dégringole dans un grondement.

— Quelle idiote ! laisse échapper Bénard.

Un interminable silence succède à l'apostrophe. Une serrure couine au deuxième étage. Une voix de stentor interroge :

— Tout va bien, mademoiselle Bénard ?

— Tout va bien, monsieur l'abbé.

Ducombet veille. Gagnabie a l'air de paniquer. Cheftaine consent à lui venir en aide. Elle la débarrasse des draps de bain, lui arrache le balai. À charge pour l'institutrice d'aller récupérer le récipient rétif en bas de l'escalier. Darineau s'esquive, le temps qu'il faut, dans la salle à manger, près de l'escalier. Quand il en émerge, la gouvernante se trouve sur le palier du premier étage. Elle regarde en direction de la tanière de l'abbé Leroy. Sous la porte elle entrevoit un rai de lumière.

Les deux femmes font face à la porte de Dominique Martin-Labreux. La gouvernante plonge la main dans son polo gris, en ressort une petite clef. Elle l'introduit dans la serrure avec précaution. La première, elle s'engage. Gagnabie la suit avec tout son attirail. Égarée au creux de l'obscurité, elle heurte quelque chose. L'une des bassines lui échappe et le morceau de savon qu'elle contenait percute le sol. Darineau entend un premier bruit, très sec, puis un deuxième, beaucoup plus long, une sorte de glissement ou de roulement. Enfin, le morceau de savon tamponne un obstacle. Il émet un troisième bruit, très bref et très sourd.

— Bravo, continuez ! ironise Bénard à mi-voix.

Le diacre gagne sa chambre. À tâtons, il ouvre la trappe, aperçoit un trou noir puis, soudain, c'est la clarté. Gagnabie découvre le corps raidi de Dominique, avec le cou balafré.

Elle pousse un cri. La duègne fait « chuut ! » et ordonne :

— Remplissez les bassines, mon amie. Prenez les gants propres. Plongez-les dans l'eau et savonnez-les gentiment. Passez-les-moi. Je m'occupe de Dominique.

En un tournemain, Odette Bénard ôte les couvertures, les draps ensanglantés, le bermuda que le moniteur avait revêtu pour dormir. D'un geste empreint d'une extrême douceur, elle masse la peau. Par plaques, la blancheur réapparaît. Sur le visage d'abord, puis la poitrine, le bassin, les cuisses. Cheftaine s'attaque au cou en dernier, avec plus de minutie encore. À l'aide du gant de toilette humecté d'eau savonneuse, elle nettoie la peau centimètre carré par centimètre carré, en prenant soin d'éviter la balafre. Au bout d'une demi-heure, il ne reste plus, comme témoignage de l'épouvantable assassinat, qu'un cadavre « ordinaire », propre, lisse, nu, avec un pansement pour dissimuler sa plaie au cou.

— Pauvre Dominique ! murmure Mlle Bénard.

— Pauvre Dominique ! répète mécaniquement Mlle Gagnabie.

Cheftaine se relève, se tient le bas du dos. Elle doit avoir les traits ravagés. Gagnabie regarde sa compagne contempler la scène : le matelas maculé de sang dans sa partie droite ; le cadavre reposant sur des draps de bain superposés ;

l'énorme tâche noirâtre qui ronge la moquette, en avant de la table de nuit ; les bassines remplies d'eau rougie ; les vêtements sales de Dominique sur le fauteuil, au milieu de la pièce ; les draps, l'alèse, les couvertures tirebouchonnés. Malgré le bric-à-brac, la salissure, il y a chez Cheftaine comme une lueur de contentement. Elle s'adresse à son assistante :

— À vous de jouer, maintenant. J'en ai marre de trimer.

Gagnabie commence par relever les manches de son chemisier. À peine a-t-elle déployé la serpillière et empoigné le balai de crin qu'elles redescendent. L'institutrice les enroule à nouveau. Une fois, deux fois. Cheftaine s'agace et lance de façon péremptoire :

— Vous n'allez pas continuer ces simagrées. Puisque votre chemisier vous gêne, eh bien ! enlevez-le.

Marie observe la directrice d'un air apeuré, se met à trembler de tout son être, puis consent à rabattre la bavette de son tablier. Lentement, elle déboutonne le chemisier de soie : les manches, puis le devant. Elle apparaît en guêpière de dentelle noire, avec un liseré rouge pour souligner les balconnets. Cheftaine ne peut s'empêcher de lancer :

— Ma parole, vous êtes une friponne !

Sans quitter Marie du regard, elle s'approche de la table de nuit, saisit le torchon qui s'y trouve, le déplie avec soin, en extrait un couteau. La lame luit comme un miroir au soleil. L'institutrice pousse un cri.

— Qu'est-ce qui vous prend de hurler ainsi ? fulmine la gouvernante. Je n'ai pas l'intention de vous tuer !

Gagnabie a tout juste le temps de se remettre de sa frayeur. Un coup de sonnette retentit.

— Sans doute Bouchardon, indique Bénard.

Darineau sort de son antre, prend position sur le palier, se penche par-dessus la rampe pour observer la gouvernante. Celle-ci s'engouffre dans l'escalier, dévale cinq ou six marches. Une voix de stentor troue le silence du presbytère :

— Tout va bien, mademoiselle Bénard ?

— Mais oui.

Un claquement. Cheftaine actionne la tirette de la porte d'entrée. Darineau l'entend prononcer ces mots d'une voix forte et avec des accents de reproche :

— Vous voilà enfin, monsieur Bouchardon !

En fait, dans la logique de Cheftaine, le médecin a été plutôt bien avisé de ne pas se précipiter. Depuis l'entretien téléphonique peu amène avec l'épouse du visiteur, la situation s'est éclaircie dans la chambre du deuxième étage, qui donne sur l'avenue Jean-Moulin. Le décor fait moins crime. L'allergologue s'engage dans l'escalier, tenant de la main droite sa serviette élimée d'où émerge le tuyau du stéthoscope. Par habitude, il monte au premier étage, s'arrête devant la porte du doyen, frappe d'un coup sec avec l'articulation de l'index, pénètre dans la chambre sans attendre de réponse. Exténuée, Bénard n'a pu gravir les marches à son rythme. Elle s'est gardée de prendre le risque de lui crier : « C'est au deuxième étage ! » Elle entre à son tour chez l'abbé Décoreur, mais pour en ressortir presque aussitôt, suivie du médecin.

Avant de reprendre l'escalier, la duègne jette un œil vers la porte de l'abbé Leroy : apparemment il en émane toujours un filet de lumière.

Bouchardon gravit les marches d'un pas alerte.

— Là, docteur, oui, à cet étage, indique Cheftaine. N'ayez pas peur : il y a la Marie.

Comme si, des deux occupants, c'était elle, l'institutrice, qui pouvait susciter une réaction de frayeur !

Une fois dans la chambre de Dominique, le médecin ne jette pas le moindre regard à Marie Gagnabie en guêpière. Il détaille le corps allongé, vêtu d'un simple slip, soulève le pansement, s'attarde à la balafre, à la confluence du cou et du menton. Il se tourne vers Cheftaine, qui se tient à un mètre derrière lui.

— D'après vous, ce serait quoi ? interroge-t-il.

Elle désigne le couteau sur la table de nuit.

— Un suicide, dit-elle.

— Quelle drôle d'idée !

Après un léger temps de silence, l'homme ajoute :

— Je suppose que vous voulez un certificat de décès ?

En trois minutes, tout est réglé sans que Bouchardon émette la moindre remarque complémentaire. Il descend l'escalier quatre à quatre, ne s'aperçoit pas que Ducombet l'observe par l'entrebâillement de sa porte. Darineau entend un vague grommellement qui pourrait signifier : « Je file. »

Trois minutes après que Cheftaine a refermé la porte, un second coup de sonnette retentit. Darineau jette un œil par la fenêtre : c'est le menuisier. Il descend deux étages. Au pied de l'escalier, Cheftaine et Lizarou échangent des politesses à voix basse, mais très audibles dans le silence de la nuit.

Il est deux heures vingt.

— Alors, un malheur chez vous ? lance le visiteur.

— Ne m'en parlez pas !

— Et le malheureux, c'est qui ?

— Un moniteur. Vous ne le connaissiez pas.

— Un accident ?

— Un suicide.

Les deux interlocuteurs observent un silence. Puis la gouvernante lance d'une voix insistante :

— Il faut faire vite, monsieur Lizarou, très vite.

Le menuisier-ébéniste monte deux marches, soulève sa casquette et se gratte la tête — signe sans doute qu'il se heurte à une difficulté.

— Voyez-vous, mademoiselle, faire vite, c'est pas l'envie qui m'en manque. Seulement, un cercueil, ça prend du temps.

Cheftaine demande :

— Cette mère Chastagnol ?

— Quoi ?

— Quand devez-vous la mettre en bière ?

— Tout à l'heure, à neuf heures.

— Et l'enterrement ?

— Il aura lieu cet après-midi, à quinze heures, au Capelet.

— Si la cérémonie n'a lieu qu'à quinze heures,

à quoi bon tant se presser pour la mise en bière ? Y a pas le feu ! Je veux dire qu'il n'y a pas d'urgence.

— C'est que les choses sont décidées comme ça.

— Monsieur Lizarou, l'homme propose, mais Dieu dispose.

— Ah ! ça, oui, mademoiselle Bénard. À preuve...

— Vous auriez pu rencontrer une difficulté technique...

— Y aurait pas de problème si je travaillais tout seul ! Mais j'ai avec moi un apprenti. Il sait comment les choses se sont passées.

— Je suppose qu'il tient à son emploi ?

— Ah ! pour sûr qu'il y tient !

— Alors, dans ce cas...

Le menuisier, le dos contre la rampe, se gratte le crâne une nouvelle fois.

— Monsieur Lizarou, reprend la gouvernante d'un ton mielleux, vous êtes un ami de M. le curé. Un intime, même, puisque vous appartenez au Club des mousquetaires.

— C'est pour moi un grand honneur, mademoiselle.

— Par ailleurs, à condition qu'on vous donne un petit coup de pouce, vous pourriez gagner la mairie aux prochaines élections.

— Ça m'embête pour la mère Chastagnol...

— Vous préférez que, par votre incurie, tout Saint-Silice se répande, dans les heures qui viennent, sur ce « suicide nocturne » au presbytère ?

Estimez-vous heureux qu'il ne se trouve pas de mauvaise langue pour parler d'assassinat !

Lizarou donne des signes de fléchissement :

— Je vais m'arranger avec les Chastagnol, concède-t-il.

— Il ne doit plus en rester beaucoup !

— Ah ! ça, non. Un vague cousin, une vague cousine.

— Vous voyez bien...

Bénard semble sous-entendre qu'une commande de cercueil effectuée par des membres éloignés de la famille d'une défunte très âgée perd son caractère d'urgence. La main de Lizarou effleure son cuir chevelu.

— Il faut quand même que je voie le trépassé, observe l'artisan. Je ne sais pas si le cercueil de la mère Chastagnol conviendra. Elle n'était pas bien grande. Au fait, votre gars, comment a-t-il... ?

Cheftaine émet un « couic », tout en promenant sa main droite autour de son cou. Comme le tueur pressenti de l'Établissement, pensé-je.

— Il faut en vouloir ! commente le menuisier.

— Suivez-moi jusqu'à sa chambre.

Darineau rentre chez lui.

D'un pas presque juvénile, Cheftaine montre le chemin. Le menuisier suit en martelant la moquette de ses croquenots. Dans la chambre funéraire, il découvre l'institutrice en guêpière, exposant la rondeur de ses seins.

— Oh ! Mademoiselle Gagnabie, excusez-moi.

— Mais qu'est-ce que vous faites dans cette tenue ? fulmine Cheftaine.

Le temps pour le visiteur de prendre ses marques, il sort de sa poche un mètre-ruban, mesure le cadavre qui porte un pansement en haut du cou et dit : « Je crois que ça ira. » Dominique, en effet, est plutôt petit. Sans s'attarder, le menuisier quitte la chambre, s'engage dans l'escalier. La gouvernante colle aux basques de Lizarou, comme pour étouffer le bruit de son départ. Darineau suit le couple à distance, jusqu'au milieu du premier étage.

Cheftaine fait jouer la tirette. Lizarou hésite sur le seuil :

— J'espère que tout va bien se passer, note-t-il.

— N'ayez pas peur, cher mousquetaire, la situation est sous contrôle. Mais la balle est dans votre camp !

— Je reviendrai dans une demi-heure. Y a pas d'inconvénient à ce que je gare mon auto devant le presbytère ?

— Aucun inconvénient, monsieur Lizarou. Mais il faut faire vite !

J'avais écouté le diacre en observant un religieux silence. Après cette séquence, je ne pus retenir un commentaire, d'ordre purement psychologique :

— Cette Odette Bénard, quelle énergie !

Darineau fit un signe de tête :

— Je vous le concède, monsieur Hoskyns.

— Et quelle détermination dans ses entreprises !

— Si elle avait commis le crime, sans doute

n'aurait-elle pas montré plus de zèle à le maquiller !

— Et puis, cet art de la mise en scène ! insistai-je. Ce culot avec Bouchardon et Lizarou, les deux mousquetaires !

— Au cours de la folle nuit, précisa le diacre, je me suis demandé si le médecin était dupe ou complice. J'imagine qu'il a voulu à la fois protéger une institution et préserver une clientèle.

Nous fîmes silence et je changeai de sujet :

— Dans cette histoire, il y a, Jean-Pierre, un personnage plein de mystère et d'ambivalence...

— Mlle Gagnabie ?

— Comment ne pas s'en apercevoir ? En elle semblent cohabiter la... femme publique, si je puis me permettre, assez guindée, conventionnelle, et la personne privée, beaucoup plus libre, voire un peu friponne, selon l'adjectif de Mlle Bénard.

— Je suis bien d'accord avec vous.

Je sentis que Darineau avait envie d'aller plus loin sur le sujet. Mais le temps lui manquait. Et je dus rester sur ma faim.

Gagnabie se rhabille, descend à la lingerie prélever un drap destiné à recueillir le corps de Dominique Martin-Labreux. Lizarou a mis les bouchées doubles. Darineau l'entend manœuvrer sa camionnette pour la garer devant la grille du presbytère. Il est trois heures vingt. Cheftaine s'engouffre dans l'escalier avant même que le menuisier presse le bouton de la sonnette. Elle doit coincer à l'aide d'une cale le battant de l'entrée.

Lizarou relève la porte arrière de son véhicule, en sort deux tréteaux, le cercueil de bois blanc, puis une caisse qui contient le nécessaire pour la mise en bière.

Darineau dégringole deux étages et demi et, tapi dans l'ombre, observe le hall d'entrée. Cheftaine s'avise sans doute que, si le menuisier opère dans la chambre de Dominique, le vacarme risque de réveiller le presbytère ; et elle ne veut pas transformer en chapelle ardente la chambre du défunt, en raison de la tache indélébile sur la moquette, stigmate du crime. Elle suggère à Lizarou d'aller chercher le corps de Dominique et de le mettre en bière dans le petit salon contigu à la salle à manger. Le menuisier s'apprête à refuser. Bénard prend les devants :

— Lizarou, pas d'arguties, voulez-vous !

L'interpellé se ravise :

— Vous avez raison, mademoiselle, point besoin de réveiller la maisonnée. Ils auront assez de chagrin comme ça, dans une poignée d'heures, en apprenant la nouvelle.

Le transfert du cadavre se fait à tout petits pas. L'équipe technique, composée du menuisier, de la gouvernante et de l'institutrice, a tout juste entrepris sa descente précautionneuse que Ducombet entrouvre sa porte et s'époumone :

— Tout va bien, mademoiselle Bénard ? Vous avez besoin d'aide ?

— Tout va bien, monsieur l'abbé. Non, merci, on y arrivera.

De la mise en bière, Darineau ne perçoit qu'une série de bruits assez lointains. Le travail achevé, il consulte sa montre : quatre heures sept. Près du cercueil, posé sur des tréteaux dans le petit salon, le diacre le découvrira par la suite, les deux femmes ont placé, sur une tablette, une coquille remplie d'eau bénite, une bougie, une branchette de sapin. Lizarou prend congé :

— Il faut que je m'en aille, rapport à la mère Chastagnol.

Cheftaine remonte dans la chambre de Dominique Martin-Labreux pour un ultime rangement, puis redescend avec Marie Gagnabie. Darineau pense que la duègne va regagner ses appartements, à Saint-Matthias, et l'institutrice son studio, à quelques centaines de mètres en direction de la gare. Mais, pour parer à toute éventualité, il décide de rester vigilant jusqu'au bout. Arrivé au milieu de l'escalier du premier étage, il aperçoit les deux femmes s'engouffrant dans le cabinet du doyen sans en refermer complètement la porte. Mlle Bénard a toujours peur que quelque chose d'important lui échappe.

— Alors, qu'est-ce qu'on dit ? interroge Marie Gagnabie de sa voix grave. Vous ne trouvez pas que le suicide, ça fait mauvais genre ?

L'institutrice n'a même pas parlé de crime.

— Je partage votre point de vue, lui répond Cheftaine. Pourquoi attenter à la mémoire d'un garçon qui n'a pas démérité ?

— Vous êtes infirmière..., glisse Mlle Gagnabie, sous-entendant par là : dans les circonstances actuelles, ça représente un atout.

La directrice reste étrangement muette, comme

si, ayant fonctionné en surrégime, son cerveau avait du mal à franchir le nouvel obstacle.

— Il faut une explication, insiste sa compagne. On ne peut laisser accréditer n'importe quoi.

— Dominique aurait pu mourir d'un infarctus, finit par déclarer Odette Bénard.

— Vous... Vous croyez ?

— Chez les moins de trente ans, c'est plus fréquent qu'on ne le pense. Le pronostic est souvent défavorable, car l'occlusion se manifeste de façon brutale. Les principaux facteurs déclenchants sont de deux ordres : spasme coronaire et effort physique intense. Dans ce dernier cas, l'attaque survient soit pendant ou juste après l'effort, soit dans un délai de vingt-quatre heures. Vous connaissiez Bertrand, mon petit-cousin ? Eh bien ! Il est mort d'un infarctus en pleine partie de tennis. Foudroyé !

— Oui, mais votre petit-cousin, remarque Gagnabie, on ne l'a pas mis en bière tout de suite !

Cheftaine hésite :

— À supposer que le malheur lui soit arrivé pendant sa toilette, Dominique Martin-Labreux aurait pu, dans sa chute, s'abîmer le visage en heurtant le lavabo.

« Je compris, conclut mon visiteur, que l'infarctus serait au cœur des conversations, dans les heures à venir. »

Marie Gagnabie sortit. Mlle Bénard resta dans le bureau du doyen, et Darineau dans le petit salon juste en face. Il s'assoupit. Un bruit, discret pourtant, le fit sursauter. S'extrayant de sa cachette, il aperçut une mince silhouette noirâtre au fond du couloir, près de la cuisine : la vieille concierge. Celle-ci éternua. Il recula. La gouvernante passa alors la tête par l'entrebâillement de la double porte du bureau.

— Mémé Charlier, mémé Charlier ! lança-t-elle d'une voix le plus douce possible.

La brave servante s'avança, les pieds dans d'épaisses pantoufles, puis s'arrêta net. La gouvernante insista :

— Venez, mémé, venez. Il faut que je vous parle.

La concierge approcha en trottinant, entra dans le cabinet, se vit désigner un fauteuil, hésita à y prendre place, intimidée, puis finit par s'asseoir.

— Mettez-vous à l'aise, lui enjoignit Mlle Bénard.

Mémé Charlier feignit de se détendre.

— Cette nuit..., enchaîna la duègne...

La mémé esquissa un geste interrogatif.

—... rien ne vous a troublée ?

Haussement d'épaules. Le dialogue s'annonçait difficile.

— J'ai besoin de savoir si hier matin, entre six et huit, on a sonné à la porte du presbytère.

— I sé point... I crois point... Suis à peu près sûre que non.

— Et dans la maison, vous n'avez entendu personne ?

La vieille dame parut choquée de la demande :

— Ben sûr que si !

— Qui ça ? Le doyen ?

— Oui, qu'est allé à l'église.

— Les vicaires ?

— M'sieur Leroy, il a pas dormi au presbytère. Parti chez des amis. Pour vingt-quatre heures, selon ses dires.

— Et l'abbé Ducombet ?

— Toujours sur les routes.

— Mais ce vendredi matin ?

— Il voulait quitter de bonne heure. M'suis levée avant le jour. Il a pris son café, pis mangé. Il a dit qu'il voyageait rapport à ses pistolets. Vous savez mieux que moué.

— Ses Dragoon ?

— Oui, exact.

— En dehors du doyen et de l'abbé Ducombet, poursuivit la gouvernante, vous n'avez entendu personne ?

La vieille dame se creusa la cervelle.

— Je crois ben me souvenir de quèqu'un d'autre. Qu'est rentré par la porte du jardin, vers les sept heures.

Cheftaine bondit.

— De qui s'agissait-il ? Parlez, mémé !

La vieille dame s'agaça :

— I sé point. Quèqu'un qui avait la clé.

— Ça, je m'en doute. Mais l'identité du personnage ?

— I vous dis : i sé point.

— C'est quand même curieux que vous ne soyez pas plus curieuse !

— Vous savez : moué, du moment que la personne avait la clé !

Darineau sentit que Cheftaine avait envie de s'indigner. Mais sans doute craignit-elle d'altérer l'humeur de son interlocutrice. Elle décida de changer de sujet :

— Dominique Martin-Labreux, qu'est-ce que vous en pensiez ?

Mémé ne saisit pas la subtilité de l'imparfait.

— Un bon gars. Comme ça, on dirait point un abbé, avec ses tenues excentriques. Mais il a du fond. Je vois toujours, sur sa table de nuit, l'Évangile ou un autre livre au sujet du bon Dieu. C'est une piété !

Mémé regarda autour d'elle. Elle commençait à réaliser l'insolite de la situation.

— Pourquoi, s'enquit-elle, toutes ces questions ?

Cheftaine ne put biaiser. Elle déballa la funeste nouvelle de l'infarctus avec moins de ménagement qu'elle n'aurait souhaité. Un discret chagrin, mais irrépressible, s'empara de la brave concierge.

— Vous, Jean-Pierre, demandai-je au diacre, rien ne vous a frappé, ce vendredi 7 juillet, sur le coup de sept heures ?

— J'étais à l'Établissement.

— Avez-vous une idée du mystérieux visiteur ?

— Une chose est sûre : il devait avoir la clef. Soit il logeait au presbytère, soit il y travaillait.

— Parlons de ceux qui y logent.

— Vous les connaissez : le doyen, les vicaires, le prédicateur, mémé Charlier, Dominique et moi. Parmi les moniteurs, nous sommes les seuls à ne pas dormir à Saint-Matthias.

— Vous ne mentionnez pas M. Bourdalin ?

— Il a sa chambre au presbytère, lui aussi. Le 7 juillet, il était absent. Vous vous souvenez ? Je l'ai conduit à la gare. Il avait rendez-vous avec son patron de thèse.

Le diacre fit une pause et reprit :

— D'autres personnes ont la clé du presbytère, parce qu'elles y travaillent : la gouvernante, Mlle Gagnabie, Antonio, le cuisinier, ainsi que sa femme, Maria, qui s'occupe du gros ménage.

J'attaquai le problème sous un autre angle :

— Supposez que la porte de Dominique ait été verrouillée...

— L'assassin se serait cassé le nez.

— J'imagine qu'il avait prévu cette éventualité. Ou bien il connaissait les habitudes du moniteur, ou bien il s'agissait d'un expert en serrurerie.

Darineau réfléchit :

— Le cuisinier passe pour un as du bricolage, dit-il. Il dispose d'une jolie boîte à outils.

— Pouvez-vous me le décrire ?

— Profil d'armoire à glace, teint cuivré, français impeccable...

— Et sur le plan du caractère ?

— Lunatique : convivial, serviable, plein d'entrain, mais aussi tâtillon et irascible. On le crédite d'un passé chargé, en rapport avec la guerre d'Espagne. Mais je n'en sais pas davantage.

— Si Antonio avait commis le crime, objectai-je, je suppose qu'il aurait remis le couteau en place, sa besogne accomplie ?

— Logiquement, oui.

— Et le passe-partout auquel Mlle Bénard a fait référence, que permet-il d'ouvrir ?

— Toutes les portes du presbytère et de Saint-Matthias.

— Qui en bénéficie ?

— Décoreur, Bénard, Gagnabie, Charlier, Antonio, sa femme Maria.

Les clients commençaient à affluer. Je proposai à mon ami de poursuivre la conversation dans le parc. J'appelai Louisette et la prévins que je sortais, façon implicite de lui demander d'assumer à ma place la fonction de libraire. Je traversai l'avenue en compagnie de Jean-Pierre Darineau et nous allâmes nous asseoir à l'abri d'un bosquet. Mon interlocuteur semblait frigorifié. Il redressa le col de sa veste noire, se croisa les bras, se les mit autour du cou en guise d'écharpe et reprit le fil de l'histoire.

Quand la gouvernante en eut terminé avec mémé Charlier, la silhouette de l'abbé Décoreur se profila dans le hall.

Il était rare qu'il se lève si tôt. Avait-il, entre deux sommes, perçu quelques bribes de cette nuit si agitée ? Avait-il remarqué la silhouette du Dr Bouchardon ? Son pas lourd semblait trahir sa fatigue. Au moment où le doyen saisissait la poignée de la porte pour se rendre, sans doute, à l'église, Cheftaine glissa la tête hors du bureau.

— Mais qu'est-ce que vous faites ici ? demanda le prêtre.

— J'ai besoin de vous parler, répondit-elle.

Décoreur rebroussa chemin, s'engagea dans son cabinet, laissant la porte grande ouverte. Il s'assit sur le sofa, preuve qu'il n'était décidément pas bien. C'est alors que la gouvernante lui assena :

— Dominique Martin-Labreux a péri. Probablement hier matin, à l'aube.

— Mon Dieu ! Et de quoi donc ?

— D'infarctus. Bouchardon est venu, cette nuit, constater. Le pauvre garçon n'était pas beau à voir. La crise s'est déclenchée durant sa toilette. Dans sa chute il s'est abimé le visage en heurtant le lavabo. On ne pouvait pas l'exposer tel quel. J'ai demandé à Lizarou de le mettre en bière au plus vite.

Le doyen n'en revint pas, ne sut que dire. Après un long silence, il proféra ce jugement :

— C'était un très bon moniteur. Et quand je pense qu'il souffrait du même mal que moi...

— Jeune, les problèmes cardiaques, ça ne pardonne pas, observa la gouvernante. À votre âge, c'est différent.

— Je plains le pauvre Bourdalin, déclara l'abbé Décoreur. Il considérait le défunt comme un fils.

Sur ces mots, il se releva, sortit du bureau, fit un bref passage dans le salon où reposait Dominique, ouvrit la porte d'entrée, et demanda à Cheftaine :

— Au fait, quand doit-il revenir, le professeur ?

— Au train de onze heures trente. Vous voulez que j'aille le chercher ?

— Oui, mais surtout ne lui dites rien. Je m'en chargerai.

Darineau voulait regagner sa chambre. Il sortit du petit salon où il s'était réfugié et se retrouva nez à nez avec Mlle Bénard. La nuit avait rendu cireux le teint de la gouvernante. Elle eut pour le diacre un drôle de regard — soupçonneux, inamical, semblait-il — et lui demanda d'un ton sec : « Mais, ma parole, que faites-vous ici ? » Il jeta un œil discret sur sa montre : il était presque six heures. Il indiqua qu'il se rendait à Saint-Matthias pour y prendre un bon café avant la cure. Il se sentait crasseux, avec ces vêtements qu'il avait gardés toute la nuit, cette pellicule noirâtre qui avait envahi ses joues, lui griffait le cou. La duègne l'examina de la tête aux pieds et lui demanda avec une lueur d'ironie : « Vous allez à l'Établissement en pantoufles ? »

Cette banderille posée, elle informa son moniteur qu'elle ne pouvait se rendre à l'Établissement, ce samedi 8 juillet, et, vu qu'il était diacre, elle lui délégua ses fonctions à la tête de Saint-Matthias. Elle ajouta, sans autre précision, que Dominique Martin-Labreux « avait un empêchement » et qu'au cours du petit déjeuner, elle souhaitait s'adresser à l'équipe des moniteurs.

Non sans effort, Darineau parvint à se traîner jusqu'aux Thermes et à exercer l'intérim dont on l'avait chargé. Il interrogea miss Nicholson sur sa nuit. Elle lui rapporta la scène entre la directrice et Garcin. Celui-ci semblait à cran. Il n'y eut apparemment nul commentaire sur l'« empêchement » de Martin-Labreux. Les moniteurs étaient dans le sous-marin depuis vingt minutes quand Cheftaine débarqua. L'air grave, elle s'abstint de longs préambules et vint au fait. Concernant la mort de Dominique Martin-Labreux, elle se montra brève, sobre, médicale, conformément au plan esquissé avec Mlle Gagnabie. La petite équipe apprit que le jeune homme avait succombé à un infarctus et qu'une mauvaise chute l'ayant défiguré, il avait fallu le mettre en bière rapidement.

La nouvelle fut accueillie dans le plus complet silence. « Je suppose, conclut mon interlocuteur, que l'abbé Décoreur se réservait la tâche de prévenir ses vicaires et le prédicateur. »

Au presbytère, chaque samedi, Maria, l'épouse du cuisinier, change le linge de toilette. Elle entasse gants et serviettes sales dans le couloir, au pied de l'escalier. Et Cheftaine les achemine vers la teinturerie sans les compter. Ce 8 juillet, vers neuf heures, elle décida de se livrer à une vérification. Si, apprit Darineau du premier vicaire qui traînait dans les parages, elle recensa seize gants pour huit résidents, elle ne dénombra que quinze serviettes. Elle convoqua Maria pour une explication. Celle-ci eut un air de frayeur : pour la première fois, elle se trouvait mise sur la sellette.

À force de patience saupoudrée de menaces, Cheftaine tira d'elle l'information suivante : il manquait, ce matin-là, une serviette dans la chambre de l'abbé Ducombet, l'homme aux Dragoon. L'avait-il emportée avec lui, et pour quelle raison ?

Darineau reparti vers Saint-Matthias, je rentrai à la librairie. Louisette était assaillie par une nuée de clients. Elle trouva quand même le moyen de me glisser :

— Tu n'as pas l'air dans ton assiette. Tu devrais consulter un médecin.

— J'ai appris de mauvaises nouvelles, expliquai-je.

Je refusai d'en dire davantage. Ma femme devint fébrile, parut impatiente de déjeuner. Assis, sans appétit, devant un pigeon aux choux, je l'informai des ultimes développements du fameux « complot ». En apprenant le meurtre de Dominique Martin-Labreux, elle faillit s'étrangler.

— À ton avis, s'enquit-elle, qui a pu commettre un tel acte ?

— Si je savais !

— Je m'étonne que personne ne m'en ait parlé.

— Très peu de gens sont au courant pour l'instant.

— Ça risque de jaser dans la station quand l'affaire sera publique et que les gendarmes vont s'en mêler !

Je m'abstins de préciser que Mlle Bénard s'efforçait d'étouffer le crime.

— Mon Dieu ! Mon Dieu ! Quelle histoire ! répéta Louisette.

Nous ne touchâmes guère aux pigeons aux choux.

Le diacre m'avait promis qu'il reviendrait l'après-midi. Il se fit attendre mais, quand il franchit le seuil de la librairie, je lui trouvai meilleure mine. Après le déjeuner et la récréation, il s'était endormi. Cette sieste l'avait ragaillardi.

Il était pressé, car l'heure approchait de retourner à l'Établissement, pour un léger complément de cure. Je lui demandai si Bourdalin avait regagné Saint-Silice. Comme je le savais lié à Dominique, je m'inquiétais en effet de sa réaction.

Il me rapporta que la gouvernante était allée le quérir à la gare. À sa descente du train, le professeur semblait plutôt guilleret. Il avait trouvé son patron de thèse plus constructif que les fois précédentes.

Le doyen lui a donné l'accolade, l'a pris par le bras, installé dans le meilleur fauteuil de son bureau, et lui a glissé quelque chose à l'oreille. La funeste nouvelle, certainement, car Bourdalin a eu une sorte de malaise. Son état s'est amélioré au bout de quelques minutes, grâce aux soins de Mlle Bénard, mais il a eu de la difficulté à extraire sa carcasse du fauteuil. Il était comme ivre en montant l'escalier. Personne, sauf la gouvernante, ne l'a vu de la journée.

J'aurais voulu évoquer l'abbé Ducombet, à cause de cette histoire de serviette manquante. Mais, avant de s'en aller, le diacre avait d'autres éléments à me fournir.

Cheftaine se devait d'annoncer aux curistes le décès de leur moniteur. À la fin de la récréation qui prélude à la sieste, elle traversa l'avenue Jean-Moulin, agita la cloche à l'entrée de Saint-Matthias et mit les jeunes asthmatiques, petits, moyens, grands, en rang par deux. Elle leur intima l'ordre de descendre au réfectoire. Quand ils furent installés à leurs places habituelles, les bras croisés, elle prit la parole d'une voix suave :

— Mes amis, oui, mes amis et mes enfants... Il était le grand frère attentif, dévoué, discret. Plein d'avenir. Il pensait au sacerdoce : quel bel idéal, difficile à atteindre ! Le bon Dieu nous l'avait donné. Il nous l'a repris. Mais Dominique — car, vous l'avez deviné, c'est de lui qu'il s'agit —, Dominique reste présent parmi nous. Par son exemple et par son intercession. Ce soir, avant de vous coucher, vous ferez tous une prière à sa mémoire. Pour le repos de son âme. Qui est sûrement déjà au paradis.

Il se fit un pesant silence. Une larme perla à la paupière droite de la directrice. « Non, non, semblait-elle se dire, tu ne dois pas pleurer. Surtout là, devant tous ces jeunes. Tu joues ton autorité. Tu joues ta peau. » Un tout petit gosse leva la main. Il appartenait au dortoir de Mary Nicholson.

— Parle, mon chéri, lui enjoignit Cheftaine.

— Madame, de quoi il est mort, Dominique ?

— Il a été victime d'un infarctus du myocarde. En mots plus simples, cela signifie que son cœur a flanché.

Aux yeux de Darineau, la gouvernante figurait au premier rang des suspects. Mais il n'écartait pas la culpabilité de Ducombet. Celui-ci s'intéressait aux armes, il était resté en alerte toute la nuit et, ce samedi matin, il manquait une serviette dans son cabinet de toilette, qui avait pu servir à la sale besogne. Le diacre m'avoua qu'il avait du mal à cerner le second vicaire. Il me demanda des précisions à son propos.

Je lui croquai le portrait de l'abbé tel que le doyen, Mlle Bénard et d'autres personnes me l'avaient esquissé au fil du temps. D'un scrupule maladif, l'homme alternait bizarreries de raisonnement et éclairs de sagacité. La naïveté qu'on lui prêtait était plus feinte que réelle. Il affichait beaucoup de révérence à l'égard de sa hiérarchie, mais n'en faisait qu'à sa tête. Bien que d'une douceur tout ecclésiastique, il était la proie d'épisodes de colère mémorables.

Curieusement, ceux-ci prenaient appui sur des vétilles. Ayant transformé en offense telle remarque anodine, Ducombet se mettait en transe et perdait le contrôle de lui-même. Plusieurs fois, hors saison — allez donc savoir pourquoi ? —, Mlle Bénard avait dû appeler le médecin afin qu'il lui prescrive de puissants sédatifs. Avec son humour parfois piquant, Dominique Martin-Labreux l'avait-il meurtri sans s'en apercevoir ?

Le diacre s'apprêtait à me quitter. Je le retins. Et, pour honorer notre pacte, je lui racontai la « rencontre » de la cascade de l'Écuerelle et mes quatre « rendez-vous » à l'Établissement.

— Avez-vous une idée de l'identité des comploteurs ? me demanda-t-il.

— Pas vraiment. Je les ai seulement aperçus

dans le brouillard, en veste de cure, une capuche sur la tête. Et il n'était pas question pour moi de les approcher de trop près.

— Que m'avez-vous dit de leur taille ?

— Ils avaient une tête de différence.

— Le plus petit était le plus corpulent ?

— C'est ce qu'il m'a semblé. Je me demande si l'ampleur de sa veste n'avait pas pour effet de le faire paraître plus gros qu'il n'était.

— Ils n'avaient pas le même niveau de culture ?

— Ça, c'est clair !

— Vous avez eu des hésitations sur le sexe des deux individus ?

— Pas sur celui du plus grand. Il avait une voix on ne peut plus masculine.

— Elle vous rappelait quelqu'un ?

— Absolument personne.

— Et comment parlait l'autre comploteur, le plus râblé ?

— Je ne saurais trop l'expliquer. Il avait la voix haut perchée, un timbre de fausset...

— Cette voix, vous ne l'aviez jamais entendue auparavant ?

Je faillis acquiescer, puis me ravisai. La question de Darineau avait ébranlé ma certitude première. Il est des fois où vous vous dites : « Celui-là, je ne le connais pas », puis vous vous ravisez en vous frappant la tête et en vous demandant : « Mais où diable l'ai-je rencontré ? »

— Je ne suis plus très sûr, avançai-je.

Mon visiteur réfléchit et me fit part d'une hypothèse :

— Si vous n'êtes pas très sûr, c'est peut-être que

le « mencur de jeu », comme vous l'appelez, avait choisi de travestir sa voix. Ce qui serait bien dans la logique de ce personnage dissimulateur.

La remarque m'ouvrit de nouvelles perspectives.

Après une pause, Darineau m'entraîna dans une drôle de conversation :

— L'abbé Décoreur et Mlle Bénard, savez-vous quand et comment ils se sont connus ?

— Oui. À l'occasion d'un camp de louveteaux. Il approchait du sacerdoce, elle commençait ses études d'infirmière.

— Ils se sont plus ?

— Oui. Il appréciait son dévouement, sa ténacité. Elle admirait son sens du cérémonial et sa soif d'entreprendre.

— Ils n'ont jamais pensé... ?

J'interrompis mon visiteur :

— Vous savez, Jean-Pierre, ce n'était pas comme aujourd'hui.

— Que voulez-vous dire ?

— Le sacerdoce représentait un tel idéal ! Pour celui qui s'y sentait appelé, mais aussi pour son entourage. Le jeune abbé a continué sa route, sans états d'âme. Quant à Mlle Bénard, elle a sublimé, fait une croix sur toute vie conjugale. Elle s'est enrôlée au service de l'Église, de Décoreur en particulier. À temps partiel d'abord, puis à temps plein, une fois atteint l'âge canonique. Elle l'a suivi dans une petite paroisse perdue puis ici, à Saint-Silice. C'est grâce à elle, à ses compétences médicales, qu'il a pu ouvrir cette maison de cure pour jeunes asthmatiques.

Darineau me regarda d'un air mystérieux et m'interrogea :

— Supposez, monsieur Hoskyns, que Joseph Décoreur ait demandé sa main à Odette Bénard...

— Elle l'aurait haï de se dépouiller ainsi de son nimbe de mystère, de redescendre dans l'arène commune. Je l'entends encore dire d'un séminariste en rupture de ban : « Il ne sait pas à quel bonheur il se soustrait : conquérir les âmes, les amener vers l'Absolu ! »

J'y avais mis le ton. Darineau réussit à sourire de mon exaltation.

— Mais pourquoi me posez-vous cette question ? lui demandai-je.

— Comme ça, pour essayer de comprendre. Les crimes naissent parfois d'une volonté d'absolu.

J'y repensai par la suite : Mlle Bénard connaissait tout le monde, avait accès à tout à l'Établissement. Arrivée de bonne heure, en « tenue civile », elle pouvait se changer dans une cabine, enfiler un costume de cure et sortir métamorphosée pour les besoins de sa cause.

« C'est monstrueux ! » me répétai-je, mais sans bien savoir ce qui était monstrueux : la conduite de Cheftaine ou mes spéculations la concernant.

Je me rassurai en me faisant l'observation qu'elle n'avait pu travestir sa voix à ce point.

III

La lumière orientale

Nous nous mîmes à fouiller le passé, lointain ou proche, de Dominique Martin-Labreux. Jean-Pierre Darineau disposait de trois atouts pour le faire : il était proche du défunt, doté d'un esprit curieux et, en qualité de président de la « corpo » des étudiants en théologie de Bandégave, beaucoup d'informations convergeaient vers lui.

Fils d'un père et d'une mère enfants uniques, Dominique avait perdu ses deux parents dans un crash aérien en plein ciel d'Égypte. Il avait seize ans, venait de fêter son premier bac. Après le drame, il sombra dans le whisky et se bourra de psychotropes.

Les semaines l'émaciaient, le cassaient. Et il semblait au bout du rouleau, quand son aumônier du lycée le prit en charge, lui redonna le goût de vivre et le propulsa même dans l'aventure spirituelle, en l'initiant à la lecture de la Bible.

Transfiguré, le jeune homme se remit au travail, décrocha son second bac, s'inscrivit en histoire à l'université catholique de Bandégave, peut-être par besoin de racines. Les relations avec son bienfaiteur s'espacèrent, car quelqu'un d'autre vint combler sa solitude affective : l'un de ses professeurs, Albert-Amédée Bourdalin, spécialiste du Bas-Empire romain et de saint Augustin.

L'homme est un pédagogue-né. Il aime prolonger ses cours par des tête-à-tête où l'étudiant a tout loisir de soulever les difficultés et objections que lui inspirent les enseignements magistraux. Le cas échéant, il ne craint pas de déborder le strict cadre académique pour s'intéresser à la vie personnelle de ses ouailles :

— Êtes-vous bien installé ? Mangez-vous convenablement ? Faites-vous du sport ? Vous savez, le sport, ça décontracte.

Lors de sa première rencontre privée avec Dominique Martin-Labreux, Bourdalin l'interrogea, ignorant que le jeune homme était originaire de Bandégave :

— Et votre famille, elle ne vous manque pas ?

Dans le cagibi du troisième étage du palais universitaire, qui servait de bureau de passage au corps enseignant, il se fit un silence embarrassé. Bourdalin comprit qu'il avait commis une gaffe.

— Excusez-moi, dit-il, de me mêler...

— Ne vous excusez pas, répondit Dominique, la gorge nouée. Mes parents ont trouvé la mort dans un accident d'avion. Je suis orphelin et n'ai plus aucune famille.

Bourdalin fixa son visiteur comme Jésus le jeune homme riche de l'Évangile, et il l'aima. Je veux dire qu'il le prit en pitié. Il eut envie d'évoquer ses propres parents morts dans de tragiques circonstances. Mais il se tut, avant d'agiter sa main droite grassouillette :

— Te-te-te. Je connais une famille. Euh ! Enfin... deux femmes, la mère et la fille. Je vous les ferai rencontrer.

Dans les semaines qui suivirent, Dominique fut présenté aux dames Plantain : Amélie, la mère ; Françoise, la fille. Elles tenaient une chemiserie-bonneterie dans le quartier nord-ouest de Bandégave, à l'enseigne involontairement psychanalytique des « Dessous de l'Homme ». Deux fois par semaine, le mercredi et le dimanche midi, parfois seul, parfois accompagné de son mentor, Dominique venait goûter l'atmosphère chaleureuse de cette famille d'adoption. Mme Plantain l'embrassait sur le front et Françoise sur les deux joues.

Il fallait les voir, toutes les deux, avec leur protégé. Amélie avait enfin un fils à materner et Françoise un frère à cajoler. Petit cadeau par-ci, petit billet par-là. Et « donnez-moi votre linge ». Et : « Dominique, je t'ai mis tes affaires repassées dans un sac. J'ai ajouté quelques chaussettes et quelques slips. Les tee-shirts, est-ce que ça ira ? Et les pulls ? J'ai vu que tu avais perdu un bouton. Je te l'ai remplacé. »

Au fil des mois, elles commencèrent à établir des plans sur la comète : un si beau garçon, serviable, intelligent... Mais un jour, le jeune homme joua les briseurs de rêves. C'était un mercredi, en fin de déjeuner. Il balbutia quelques syllabes avant de lâcher d'un trait :

— Ma licence d'histoire achevée, j'ai l'intention de m'inscrire à la faculté de théologie, dans l'espoir de devenir...

Il n'avait pas eu le temps de prononcer le dernier mot : « prêtre ». Les yeux d'Amélie s'embuèrent. Oh ! légèrement. Françoise reposa d'un geste vif ses couverts sur la table ; elle se leva, s'enfuit dans la cuisine. M. Bourdalin déclara, épanoui et solennel :

— Dominique, cette décision réfléchie, mûre, vous honore et nous honore. Nous ne doutons pas, ici, autour de cette table, que vous ferez un excellent...

Françoise revint de la cuisine en toussotant, les yeux rougis, le mouchoir à la main. Elle dit, elle cria même :

— Maman, nous allons donner une grande fête. C'est formidable que Dominique veuille...

La sonnette du magasin grinça. Amélie se leva pour aller à la rencontre du client. Françoise glissa à l'oreille de Dominique :

— Pourrai-je encore t'embrasser ?

M. Bourdalin, qui avait l'ouïe fine, répondit à la place du questionné :

— Mais bien sûr, mon enfant, car avec toi il ne s'agit que d'innocents baisers...

Il y a une dizaine de jours, profitant d'un congé, Dominique voulut visiter l'église romane de Gennétouze, à une cinquantaine de kilomètres de la station. Mlle Gagnabie, l'institutrice, eut vent du projet. Elle s'offrit comme chauffeur et cicérone. Mais le moniteur déclina l'offre.

— Savez-vous pour quelle raison ? demandai-je à Darineau.

— Déjà, l'an dernier, la Marie lui tournait autour. Cette année, elle a recommencé son manège.

— Pouvez-vous être plus précis ?

— Au début du séjour, elle nous a invités au cinéma, Dominique et moi. À l'entracte, elle nous offrit des glaces. En lapant la sienne goulûment, elle dévorait mon camarade des yeux. Quand s'éteignirent les lumières, je la vis lui caresser la cuisse.

— Quelle incroyable audace !

— Pour l'institutrice, expliqua mon visiteur, les années passent. Et elle n'a toujours pas de compagnon de lit. Alors, elle met les bouchées doubles.

— Comment notre ami a-t-il réagi aux avances de Mlle Gagnabie ?

— Il lui a écarté doucement la main. À la fin du film, tandis que nous regagnions tous les deux le presbytère, il m'a confié : « Je ne veux plus sortir avec cette fille, c'est une véritable glu. »

— Il a donc pris ses distances ?

— Autant qu'il le pouvait. Car, responsables de la paroisse, moniteurs, personnel, nous vivons en symbiose.

— Avez-vous eu l'occasion de reparler de Mlle Gagnabie avec Dominique ?

— Oui. Il m'a dit qu'elle lui glissait, de temps à autre, des petits billets, écrits de sa blanche main, on ne peut plus explicites.

— Quel sort leur réservait-il ?

— Il avait décidé de traiter ce harcèlement par

l'indifférence. À plusieurs reprises, elle lui a fait reproche de son insensibilité. Dominique n'a pas voulu la dénoncer à Mlle Bénard. Il a parlé à sa soupirante de Françoise Plantain. Je ne sais s'il avait conscience de ce qu'il faisait.

Quand Jean-Pierre Darineau en eut terminé avec l'évocation de cette seconde histoire de cœur, j'esquissai un commentaire :

— Ainsi, Dominique rencontrait un certain succès auprès des dames ?

Il fit un signe de tête approbateur.

— Mais, ajoutai-je, une fois l'incendie allumé, le pyromane se retirait sur la pointe des pieds.

Mon interlocuteur arbora un air choqué.

— Dans le cas qui nous occupe, précisa-t-il, le défunt a été plus incendié qu'incendiaire. Je l'ai toujours senti d'une extrême réserve.

— Quand il a parlé de Françoise Plantain à Mlle Gagnabie, avait-il toujours la même idée, devenir prêtre, ou bien hésitait-il sur son avenir ?

— J'ai des raisons de penser qu'il se posait des questions, expliqua le diacre, qu'il s'interrogeait sur sa capacité à vivre toute une vie en célibataire et, plus radicalement peut-être, sur la pertinence de sa voie.

— Que voulez-vous dire ?

— Je crois qu'il était entré en procès intérieur avec l'Église catholique.

— Sa foi s'émoussait ?

— Pas du tout. Mais, alors qu'il les négligeait jusque-là, les questions institutionnelles semblaient avoir pris de l'importance à ses yeux. Il appelait son Église, la nôtre, un « signe insignifiant ».

— Il la trouvait trop conservatrice ?

— Ce n'est pas le mot qui convient, monsieur Hoskyns. Il la trouvait trop prêchi-prêcha, mère la morale. Il avait la nostalgie de l'« âge symbolique », selon son expression, où elle s'adressait au sens esthétique des gens, leur proposait de la beauté. À l'occasion d'une sortie d'étudiants, il découvrit la liturgie orthodoxe. Ce fut pour lui un véritable éblouissement !

— Quand Dominique a évoqué Françoise devant Mlle Gagnabie, sa vie basculait ?

— Ce n'est pas tout à fait ça. Je crois qu'il voulait décourager l'institutrice, lui signifier que s'il bifurquait, se lançait dans l'aventure conjugale, il avait quelqu'un sur qui compter...

Darineau entreprit de me narrer l'histoire de la famille Bourdalin. En dépit de la discrétion du professeur sur ses origines, elles avaient réussi à filtrer à l'université de Bandégave, et des âmes charitables s'étaient efforcées d'approfondir le sujet.

L'homme avait vu le jour en 1914, alors que sonnaient les cloches de la mobilisation générale, dans une petite localité de l'Est. Son père exerçait le métier de tailleur pour hommes et disposait d'une clientèle fidèle et fortunée. Ce catholique pur et dur, pour qui la fête du Christ-Roi primait Noël, Pâques et Pentecôte, n'éprouvait que dégoût pour la « Raie-publique », également qualifiée par lui de « gueuse » et de « putain ». Il bouffait du juif et du franc-maçon comme d'autres du curé. Le bac en poche, son fils, dont les maîtres louaient l'intelligence déliée et le goût pour le sacré, entra au grand séminaire. Un abbé démocrate le régissait.

Au lieu de taire les conceptions héritées de son père, l'aspirant au sacerdoce choisit de les étaler. Un jour qu'il haranguait un groupe de séminaristes en stigmatisant la « déjection démocratique », le supérieur surgit, sans qu'on sache si c'était prémédité. Il enregistra les propos du jeune clerc, les rapporta au conseil des directeurs. Ce dernier, réuni en séance extraordinaire, exclut sur-le-champ le jeune orateur, au risque de décapiter la petite troupe théâtrale qu'il animait et dont il était le principal acteur. Le père Bourdalin vit dans cette décision le signe que la Bête n'avait pas épargné l'Église. Il envoya son héritier, précocement dépouillé de la soutane, faire une licence de latin-grec à l'université la plus proche.

La guerre surprit Bourdalin fils alors qu'il se débattait avec Salluste et Xénophon. Il dut à sa forte myopie d'échapper à une conscription au tamis pourtant resserré. Son père le rapatria, muni d'une poignée de certificats de licence, et lui obtint un poste de professeur de lettres dans le collège religieux de la ville : il s'agissait, aux dires du tailleur, d'un établissement « bien orienté », c'est-à-dire que les idées les plus extrémistes, le vichysme le plus endurci pouvaient y prospérer en paix. Néanmoins, échaudé par l'expérience, le jeune réprouvé décida de mettre la bride à son discours. Son père, il est vrai, se chargeait de vaticiner pour la famille. Il ne se contentait pas de professer sa foi en la Révolution nationale, il se rendait utile auprès de la Milice, en lui communiquant les noms de présumés résistants.

Pendant les années noires, la famille Bourdalin continua de vivre dans l'opulence, même quand la clientèle, par prudence et par manque de moyens, commença de se raréfier. L'espoir changeant de camp, le père Bourdalin crut bon de mettre un frein à ses engagements. Il devint plus évasif avec ses amis miliciens. On l'entendit même faire l'éloge de « l'autre grand de Londres ». La conversion était trop brutale pour paraître sincère. Le tailleur n'avait pas soupçonné l'importance du danger. Il aurait dû quitter la ville. À la Libération, des gars du maquis déboulèrent chez lui ; des lascars dégingandés, mal nippés, à la barbe erratique, derrière un jeune chef, un mouchoir autour du cou, un moignon de cigarette au coin des lèvres. Le tailleur était installé devant sa machine à coudre à pédale. Le chef lui empoigna le menton, le lui redressa d'un mouvement brusque :

— Alors comme ça, monsieur fait de la délation ? Trois de nos gars ont été torturés par sa faute. En joue, vous autres ! Abattez-moi cette vermine !

Cinq gosses. Autant de coups de feu, à peine synchronisés. Plus un, le dernier, celui du chef. Quelques coups de pied dans la carcasse ensanglantée. Mme Bourdalin, aussi filiforme que son mari était rond, revenait du jardin, une binette à la main. Elle ouvrit le portail, l'un des maquisards se retourna, la vit s'avancer avec ce qu'il croyait une arme, il tira et abattit la pauvre femme...

— Espèce d'imbécile ! hurla le chef.

— Oh ! Elle devait bien être de mèche...

Dans la petite ville, la nouvelle de l'exécution du couple Bourdalin se répandit telle une traînée de poudre. Le supérieur du collège religieux prévint Albert du malheur avec le plus de ménagements possible et lui donna ce conseil :

— Disparaissez quelque temps, mon ami. L'heure est aux règlements de comptes. Vous connaissez l'abbaye de Tiroflay ? Allez-y de ma part. J'ai préparé un mot de recommandation pour vous.

Muni de ce viatique et de quelques effets, le jeune professeur enjamba son vieux vélo et parcourut d'affilée une trentaine de kilomètres sur une route pentue. Il se présenta à l'hôtellerie de l'abbaye de Tiroflay. Au portier, soupçonneux, il tendit un rectangle de papier bistre plié en quatre, la lettre de recommandation.

Le moine lut, replia le document et esquissa un sourire entendu. Le jeune orphelin séjourna à l'hôtellerie aussi longtemps qu'il en eut besoin pour pleurer ses parents et qu'il fallut au pays pour se soûler de festivités et de vengeance. Le calme revenu, il émigra vers l'Ouest, où le recueillit une lointaine cousine. Elle le présenta au curé de l'endroit, qui lui trouva un emploi de professeur de latin-grec.

En trois ans, il se rempluma, dopé par une extraordinaire rage de vivre. Il était brillant, chaleureux, drôle. On l'invitait le dimanche, on sollicitait ses conseils et son amitié. Bourdalin se sentait bien dans la petite ville qui l'avait accueilli. Jusqu'au jour où il reconnut l'un de ses camarades de séminaire, au hasard d'une promenade. L'idée que son réseau social, patiemment tissé, pût connaître cette histoire mal cautérisée lui était insupportable. Il décida d'émigrer, dans le fol espoir que son passé ne le rattraperait jamais plus. L'université catholique de Bandégave recrutait un spécialiste d'histoire latine ; il se porta candidat à la chaire vacante et la décrocha sans vraie compétition. Il la détenait depuis vingt ans quand il rencontra Dominique Martin-Labreux.

Je ne fis aucun commentaire sur la saga tragique des Bourdalin : le père, défenseur de l'ordre soi-disant moral, m'inspirait du dégoût et le fils de la pitié. Plus je réfléchissais, plus je m'intéressais à l'amitié amoureuse qui unissait le défunt à Françoise Plantain. L'institutrice en avait-elle conçu une jalousie inextinguible ? La clé de notre énigme résidait-elle en une vengeance de femme ?

Je demandai à Darineau s'il connaissait Françoise Plantain. Il me répondit :

— Je l'ai vue trois ou quatre fois. Je me souviens de la première rencontre. Dominique m'avait fait inviter à déjeuner au domicile des dames Plantain. Bourdalin était de la fête.

— Racontez-moi, lui dis-je.

Mme Plantain avait mis à exécution son meilleur programme. Sur la nappe brodée, il n'y avait pas moins de cinq assiettes par personne, autant de verres. La langue de bœuf succéda aux bouchées à la reine. Et quand les convives se crurent quittes, le rôti se profila, accompagné de pommes dauphine. Chacun dut tester trois variétés de fromages et, pour accompagner le pâté aux prunes, il fallut siroter un vin jaune, liquoreux, qui faisait tourner la tête.

Seule Françoise put s'abstenir de jouer les Pantagruel. Mais chaque fois qu'elle voulut se lever pour aider, sa mère la rabroua et la requit de rester assise parmi les hôtes. La jeune fille, qui venait de fêter la Sainte-Catherine, avait une silhouette filiforme à la Giacometti. Elle portait un pull marron collant, décolleté en V, qui laissait deviner la naissance de ses seins, et un châle jaune tournesol attaché par une broche. Ses cheveux auburn, légèrement bouclés, encadraient un visage d'une infinie douceur.

Elle parlait peu, mais ses quelques remarques témoignaient d'un esprit perspicace et agile. Elle avait le menton volontaire et une façon déterminée de projeter l'avant-bras pour ponctuer ses propos. Dominique, étonnamment disert, semblait délivré de cet embrouillamini dans lequel sombrait si souvent sa conversation. La présence de la jeune fille à ses côtés lui donnait de l'assurance.

Assise à l'une des extrémités de la table ovale, Françoise semblait attendre son heure avec sérénité, persuadée sans doute que Dominique se lasserait du séminaire. Au moment de partir, dans la pénombre du vestibule, elle lui adressa un baiser sans doute un peu moins chaste que ceux dont, un jour, l'avait créditée M. Bourdalin.

Le 8 juillet, juste avant la messe du soir, l'abbé Leroy poussa la porte de la librairie. Je ne vis que son nez en trompette, ses lunettes rafistolées et ses croquenots crevassés qui, pensai-je, le faisaient ressembler au curé d'Ars. Je ne savais plus à quand remontait sa dernière visite. Un jour que je lui reprochais son manque d'assiduité à mon égard, le premier vicaire m'expliqua, en y mettant les formes, qu'il s'intéressait davantage aux choses de la vie qu'au contenu des livres. Ce samedi, les livres semblaient pourtant motiver sa visite. Il me salua d'un maigre geste de la main et partit vers un recoin du magasin sans nouer conversation. Je disposais d'un petit rayon scientifique et médical. Il entreprit de l'explorer. Comme il n'avait pas l'air de trouver son bonheur, je vins vers lui et entamai le dialogue :

— Alors, père Jean-Baptiste, l'été se passe bien ?

Il n'avait pas son entrain habituel. À sa réponse évasive, je le crus malade.

— Pas d'ennuis de santé ?

Il fit signe qu'il allait couci-couça.

— J'imagine que les tâches ne manquent pas ?

Cette question ne parvint pas à le ranimer. Sans me décourager, je hasardai :

— Ça doit être de plus en plus dur ? La société se déchristianise.

Cette remarque sembla inspirer l'abbé. Il me répondit avec un début de sourire :

— Le problème n'est pas externe, mais interne.

— Que voulez-vous dire ?

— Que l'évangélisation ne me fait pas peur. Certains voient la main du diable et l'athéisme partout. Mais je pense que les gens sont travaillés au plus profond... Il y a en eux une recherche. À nous, prêtres, de savoir la détecter.

— Alors, où est la difficulté ?

— L'institution est sclérosée, me déclara le premier vicaire, avec un rien d'exaltation dans la voix. Il y a trop de fonctionnaires. Dans les premiers temps de l'Église, les problèmes venaient de l'extérieur, de la persécution. Aujourd'hui, ils ont leur racine à l'intérieur, avec tous ces responsables emprisonnés dans la routine, incapables d'évolution.

La charge visait au premier chef l'abbé Décoreur. Je m'abstins de l'approuver. Je n'étais pas forcément d'accord avec toutes les idées du doyen, mais j'avais de la reconnaissance à son égard. Et puis, à sa mesure, il donnait vie à la station et tout le monde en touchait les bénéfices. Changeant de conversation, j'interrogeai l'abbé Leroy :

— Vous avez l'air de chercher un ouvrage. Puis-je vous aider ?

Il hésita avant de me répondre :

— Je voudrais quelque chose sur les problèmes cardiaques.

D'ordinaire discret avec mes clients, je ne pus m'empêcher de faire l'inquisiteur :

— Vous avez des soucis de ce côté ?

L'abbé observa un silence et finit par expliquer, d'une voix gênée :

— Oui... à propos d'un proche du... prédicateur, le père Charpentier. Vous le connaissez ?

— Seulement de vue et de réputation, répondis-je.

Et j'ajoutai, comme pour m'excuser :

— En pleine saison thermale, il est difficile pour moi de me rendre à la messe.

— Je vous comprends.

— Pourtant, on me dit que ce prédicateur est vraiment extra. Il a la parole facile.

— Et du courage, renchérit Leroy. Oui, sous des apparences classiques, il a du courage.

Le premier vicaire ne m'acheta aucun ouvrage sur les maladies cardiovasculaires. Il se contenta de feuilleter ceux que je lui avais indiqués, l'un surtout. En prenant congé, il semblait moins sombre qu'à l'arrivée. Il me serra la main d'une poigne de fer et me conseilla :

— Vous devriez parler au père Charpentier. Le jeu en vaut la chandelle !

Le samedi soir au dîner, le père Charpentier, précisément, déclencha les hostilités. Il jugea « hautement improbable » le diagnostic d'infarctus concernant Martin-Labreux. Cheftaine s'activait dans la cuisine du presbytère. Gagnabie monta au créneau à sa place :

— Que connaissez-vous, mon père, à la médecine ? C'est comme si vous demandiez au Dr Bouchardon de faire un prêche.

D'un signe de tête, le doyen remercia l'institutrice d'avoir défendu l'honneur du praticien. Ce satisfecit donna des ailes à la gouvernante par intérim. Elle récita la leçon de médecine que lui avait apprise Cheftaine, et dont les curistes de Saint-Matthias n'avaient eu que la conclusion. Le doyen parut soulagé. Ce fut à l'abbé Ducombet de prendre la parole :

— Je n'ai pas les compétences de Mlle Marie, mais deux questions me trottent par la tête : a-t-on, oui ou non, administré l'extrême-onction au défunt ? Et pourquoi, s'il a succombé à un infarctus, avait-il un pansement à la gorge ?

— Qu'est-ce que c'est que cette histoire ? rugit Gagnabie.

— J'ai constaté la chose quand vous avez transporté le corps, avec Mlle Bénard et M. Lizarou.

Charpentier arborait un sourire ironique. Le doyen semblait au bord de l'apoplexie.

— Vous-vous di-divaguez, Du-ducombet, murmura-t-il.

— Je divague, mademoiselle Gagnabie ?

— Votre vue vous a trahi, trancha-t-elle.

Décoreur rassembla ce qui lui restait de forces et se lança dans une diatribe contre les « princes du doute », qui n'ont de cesse que de décrédibiliser l'autorité, provoquant ainsi l'anarchie sociale. Le prédicateur repartit à l'attaque, le visage rubescent, la main droite martelant la table :

— Pour être respectée, monsieur le curé, l'autorité doit se montrer respectable.

Gagnabie, présente sur tous les fronts, lui lança :

— Ce que vous dites là, monsieur l'oblat, c'est du pur protestantisme.

Jusqu'à présent, l'abbé Leroy s'était tenu hors jeu. Il s'anima et répliqua à l'institutrice :

— Mademoiselle, à quel titre jugez-vous des questions d'orthodoxie ? Je partage l'opinion du père Charpentier : l'autorité n'est pas donnée une fois pour toutes ; elle se mérite.

— Monsieur Leroy, monsieur Leroy ! s'interposa le doyen d'une voix gémissante.

Il ajouta « monsieur Leroy ! » une troisième fois, fixa son premier vicaire d'un regard d'aigle et lui adressa ces paroles terribles :

— Vous me détestez, n'est-ce pas ? Je suis pour vous un vieux lécheur de bottes de bourgeois qui n'entend goutte à l'Évangile. Mesdames et messieurs, le pharisien en chef vous salue !

Il se leva, quitta le salon et agrippa la rampe de l'escalier, gravissant les marches avec difficulté.

À peine Darineau eut-il raconté le dîner explosif que je lui rapportai la visite de l'abbé Leroy. Au fil de mon récit, les choses se mettaient en place dans ma tête. Je demandai au diacre de m'excuser une minute. Je descendis à la librairie, furetai dans le rayon sciences et médecine et revins avec l'ouvrage que le premier vicaire avait compulsé, consacré aux problèmes de cardiologie. Je le feuilletai, en lus un passage : il présentait l'infarctus comme une maladie de la maturité, frappant surtout les hommes sédentaires, à la tension élevée et dont l'alimentation était riche en graisses.

Darineau arborait un sourire narquois, façon de me signifier : « Mais, cher ami, vous ne m'apprenez rien. » Je lui expliquai que, selon moi, il y avait eu une discussion entre le prédicateur et le premier vicaire, après l'annonce du décès de Dominique Martin-Labreux. Ils avaient mis bout à bout leurs connaissances médicales, s'étaient rendu compte de leurs carences. L'abbé Leroy avait décidé d'approfondir la question de l'infarctus. Il était allé au plus facile : ma librairie lui avait servi de centre de documentation.

À la lecture de l'ouvrage que le premier vicaire avait eu en main, il paraissait clair que Dominique Martin-Labreux ne correspondait guère au portrait-robot du candidat à l'infarctus : il était jeune, sportif, frugal, ne fumait pas, buvait fort peu. S'appuyant sur cette analyse, le père Charpentier avait décidé de crever l'abcès, d'obliger le staff paroissial à s'expliquer sur les circonstances de la mort du moniteur. Dans sa tentative de clarification, il avait reçu un soutien inattendu et apparemment informé : celui de l'abbé Ducombet.

Après ces considérations d'ordre médical, Jean-Pierre Darineau avoua qu'il n'avait pas tout dit à propos des relations de Dominique et de son amie Françoise. Il alla même jusqu'à s'excuser, car il avait omis l'essentiel et, du coup, les deux jeunes gens avaient pu me paraître d'une grande légèreté. Ce qui aurait été injurieux à leur égard.

Nous sortîmes prendre un irish coffee au Splendid de l'Établissement. Dominique, me raconta le diacre, avait parlé à la jeune fille de son goût tout récent pour « la lumière orientale », c'est-à-dire pour le monde orthodoxe, sa liturgie en particulier. Il avait eu l'occasion de visiter un monastère russe, non loin de Bandégave, dans un lieu baptisé « le Champ-aux-Bécasses ». Il en avait gardé un souvenir inoubliable.

Françoise avait écouté le récit de Dominique sans réagir. La religion représentait, en effet, le cadet de ses soucis. Elle était restée fidèle à certains rites pour ne pas déplaire à sa mère, plutôt vieille France. Ainsi la messe dominicale faisait-elle partie de ses obligations sociales, comme les vœux à ses clients en début d'année. Mais elle sortait de l'église sans avoir l'impression d'un quelconque mieux-être. Dominique avait beau, de temps en temps, lui proposer les béquilles de sa science théologique, la jeune fille se réfugiait dans une réserve mêlée de scepticisme, comme si elle craignait de perdre ses appuis dans l'existence quotidienne. Ne suffisait-il pas que lui, « son » Dominique, se soit lancé dans l'aventure spirituelle ? Terrienne elle était. Terrienne elle entendait demeurer. Sans révolte. Sans procès à l'égard du Ciel. Parce que c'était dans sa nature de femme positive, à qui seul importait d'agir et qui s'ennuyait dans les débats métaphysiques.

Mais Dominique parlait avec une telle fièvre de

« la lumière orientale » qu'un dimanche de printemps, à l'aube, Françoise le prit à son bord et ils mirent le cap sur le Champ-aux-Bécasses.

À droite des bâtiments conventuels, sur la calotte aménagée en prairie, se dressait l'église Saint-Serge-de-Radonège, cube massif auquel était amarré un toit en pente douce. Du centre jaillissait, aérienne, une coupole dorée, surplombée d'une croix grecque.

Franchie la porte massive à deux battants, les deux jeunes gens pénétrèrent dans l'exonarthex en cours d'achèvement. La peinture avait bavé sur les tréteaux, les planches. On remarquait surtout des bleus profonds et des ocres. Une première trouée permettait d'apercevoir le narthex. Des stalles de bois occupaient la partie inférieure des murs, surmontées de personnages hiératiques empruntés à la Bible. La seconde trouée ouvrait sur la nef, parfait carré qui se prolongeait, au nord comme au sud, par deux absidioles.

Françoise et Dominique se postèrent à trois ou quatre mètres en face des portes royales. Au premier plan, ils remarquèrent deux icônes sur un lutrin. Après s'être signés, les fidèles venaient les effleurer du bout des lèvres. Certains tenaient à la main un cierge acheté à l'entrée de l'église. Ils l'allumaient, le piquaient devant l'une des icônes et regagnaient la nef où ils s'abîmaient dans la prière. Françoise se tourna vers son compagnon et, d'un regard, réclama ses lumières.

— Qu'est-ce qu'il y a sur les portes ?

— Les portes royales ?

— On appelle ça les portes royales ?

— Oui. Il y a quatre icônes.
— Et qu'est-ce qu'elles représentent ?
— Les quatre évangélistes.
— Et au-dessus des portes ?
— Sur le double panneau figurent le Christ et sa mère.
— Le Christ a un livre à la main.
— Oui, les Évangiles.
— Qu'y a-t-il d'écrit dans son auréole ?
— *Ho On.* Ce qui veut dire : « Celui qui est. » Le Christ est le grand vivant.
— Et Marie, pourquoi tend-elle le doigt ?
— On appelle ce type de représentation une « Vierge conductrice ». Elle pointe l'index vers le rédempteur du monde.
— Et tout là-haut ? demanda Françoise, en désignant le montant doré au-dessus des portes royales.
— L'icône centrale est celle de la Trinité. Les deux autres évoquent la communion des apôtres : sous l'espèce du pain à gauche, sous celle du vin à droite.

La jeune fille était prise de vertige devant l'accumulation des scènes et des figures. Mais, pour la première fois peut-être, quelque chose de *spirituel* tressaillait en elle. Elle rejeta la tête en arrière, mit la main droite en visière pour contempler l'intérieur de la coupole. Un lustre en descendait, symbole de la Jérusalem céleste. Douze cierges de petite taille, un par apôtre, exécutaient une sorte de ronde fluorescente autour d'un treizième plus conséquent qui représentait, selon Dominique, la « Lumière du monde ».

Le regard de Françoise suivit le filin auquel était suspendu le lustre et se ficha sur le centre du tableau.

— Je parie que c'est le Christ ! lança-t-elle.

— Oui, en majesté, *Pantocrator*, maître de tout. Parfaite image du Père, révélateur de la Trinité, il reçoit l'hommage de quatre archanges...

— Et cette scène, dans le deuxième cercle, ne serait-ce pas une messe ?

— Exact ! Sais-tu qui officie ?

Françoise hésita :

— Au milieu de l'autel, on dirait le Christ, une nouvelle fois.

— C'est bien lui en effet qui préside l'eucharistie, en costume d'évêque. Tout autour, des anges ont revêtu des ornements sacerdotaux et diaconaux.

— Comme c'est bizarre !

— Cette scène, expliqua Dominique, signifie que la liturgie terrestre n'est qu'une réplique de la liturgie céleste ; qu'à la messe, le milieu divin nous envahit, devient notre milieu, notre écosystème.

L'église s'animait. Les fidèles entraient par petits groupes, se prosternaient, se signaient et se resignaient, baisaient les icônes, identifiaient un visage dans la pénombre, se précipitaient, étreignaient un ami, une connaissance, entreprenaient un brin de causette. Un à un, les moines se dirigeaient vers l'iconostase, vêtus d'amples soutanes noires, portant sur la tête le *kalimavkion*, et disparaissaient par la porte sud. L'encens parfumait l'atmosphère. On sentait une tension et comme un suspense. Dominique glissa à l'oreille de Françoise :

— Tu vois le rideau lie-de-vin derrière les portes royales ? Il cache le sanctuaire. C'est là, sur l'autel carré, qu'on célèbre l'eucharistie.

— Et les deux petites niches, de chaque côté ?

— Celle de droite sert de sacristie ; celle de gauche abrite la prothèse.

— La prothèse ? C'est un terme de médecine !

— Pas seulement. Elle désigne aussi une table où on dépose les objets sacrés.

— Par exemple ?

— Le calice, la patène. Mais il y en a deux qui sont propres au rite oriental : la cuiller liturgique pour distribuer la communion...

— Chez les orthodoxes, on communie à la cuiller ?

— Oui, parce que le pain est trempé dans le vin.

— Et l'autre instrument ?

— C'est la sainte lance.

— La sainte lance ?

— Pour dépecer l'Agneau.

— Mon Dieu, tu en sais des choses ! On va apporter un agneau ?

Le clergé s'agitait derrière les portes royales.

— Chut ! fit Dominique en se mettant l'index droit sur les lèvres. Le sacrifice va commencer.

Il y avait quelque chose de magique dans la description de Darineau. À son exaltation, je compris ce que la découverte de l'Orient chrétien avait apporté à toute une génération de catholiques. L'Église romaine avait fait une mue nécessaire mais, en cette fin de règne du pape Montini, qui avait suscité tant d'espoirs, elle avait un peu perdu le sens du Mystère, de la Transcendance, s'abîmant dans l'intellectualisme et l'activisme. Au contact du monde orthodoxe, des garçons comme Martin-Labreux ou Darineau avaient entraperçu une manière différente, plus esthétique, plus spirituelle, de se représenter et de vivre le christianisme. Même Françoise la sceptique avait été touchée par la « lumière orientale » et le parfum d'éternité qui émanaient de ses rites. Sur ce plan-là aussi, Dominique avait réussi à établir des liens.

Cependant, quelque chose me gênait dans l'envolée de mon visiteur : le finale, cette allusion au sacrifice. Je décidai de lui demander des éclaircissements.

Jean-Pierre Darineau avait sur lui un livret. Il le sortit de sa poche de veston. J'en distinguai le titre : *Liturgie de saint Jean Chrysostome.* Il l'ouvrit et lut un passage concernant la proscomidie, c'est-à-dire la première partie de la messe :

— « *Le diacre allume un cierge. Il dépose le pain et le vin sur la prothèse, l'autel annexe. Il y a cinq pains ronds au levain, appelés phosphores ou offrandes, chacun comportant en sa partie centrale un sceau en forme de croix. Entre les branches de celle-ci, on peut lire cette inscription :*

IC XC
NI KA

(Jésus-Christ vainqueur).

— Le prêtre saisit la première phosphore. À l'aide de la lance, il détache la partie centrale, cubique. On l'appelle l'Agneau, car elle symbolise le Christ immolé tel le Serviteur souffrant évoqué par le prophète Isaïe, qui "maltraité, s'humiliait, n'ouvrait pas la bouche.

« Comme l'agneau qui se laisse mener à l'abattoir."

« Une fois la parcelle découpée et déposée, à l'envers, sur la patène, le diacre supplie :

« — Immole, maître.

« De sa lance, l'officiant incise l'Agneau en suivant le tracé de la croix, mais sans le rompre : "Il est immolé l'Agneau de Dieu, dit-il, qui ôte le péché du monde pour la vie et le salut du monde."

« Il retourne la parcelle, fait apparaître le sceau.

« — Transperce, maître, demande le diacre.

« L'officiant enfonce alors la lance dans le côté droit et, se référant à la passion de Jésus, prononce ces paroles : "L'un des soldats lui transperça le côté de sa lance, et aussitôt il en jaillit du sang et de l'eau." »

Cet hyperréalisme liturgique ne fit qu'ajouter à mon malaise. J'en prévins Darineau :

— Un profane, ou un esprit faible, pourrait interpréter ces paroles comme une apologie de la violence et du sang.

Le diacre accepta ma remarque :

— Il s'agit en effet d'une séquence paradoxale. D'autant que, dans la troisième partie de la liturgie, dite des fidèles, le prêtre adresse cette prière à Dieu le Père : « Nous t'offrons encore ce sacrifice spirituel et *non sanglant...* »

— Si l'eucharistie est un sacrifice non sanglant, objectai-je, pourquoi cette entrée en matière en forme de boucherie ?

— Le christianisme n'a rien d'un météore. Il s'enracine dans les cultures. Or, la coutume du sacrifice, immémoriale, est attestée un peu partout. Jadis, on consommait le corps d'une victime pour s'identifier à elle, s'approprier sa vie. Cette croyance a été réutilisée par l'Église pour symboliser la force du Christ communiquée à ceux qui mangent sa chair.

Je devais arborer un air sceptique. Mon théologien crut bon de préciser :

— Un symbole reste un symbole, bien sûr, c'est-à-dire quelque chose d'inadéquat, de décalé par rapport à la réalité... Or, au fil des siècles, on a parfois cédé au despotisme de l'image, considéré la notion de sacrifice comme parfaitement apte à exprimer ce qui se passe à la messe. On a fait de l'eucharistie une sorte d'anthropophagie.

Ce n'était pas mal vu, mais nous éloignait, me sembla-t-il, de nos préoccupations concrètes. Quand mon visiteur en eut terminé avec la liturgie orthodoxe — « orientale », corrigea-t-il —, je lui posai cette question :

— Françoise Plantain sait-elle ce qui est arrivé à Dominique ?

— Oui, par Mlle Bénard.

Samedi, en début d'après-midi, le téléphone retentit en effet dans la chemiserie-bonneterie. Mme Plantain est la plus proche. Elle soulève le combiné, applique l'écouteur contre son oreille droite. Une voix de femme, impérieuse, s'adresse à elle :

— Madame Planteau ?

— Plantain.

— Madame Plantain, je vous appelle de la part de M. Bourdalin. Je suis Mlle Bénard, directrice de Saint-Matthias, la maison de cure de M. le doyen de Saint-Silice. J'ai une mauvaise nouvelle.

— À propos de M. Bourdalin ? Il lui est arrivé quelque chose ?

— Je vous téléphone au sujet de Dominique Martin-Labreux, mon moniteur. Vous le connaissez ?

— Si je le connais !

— On n'a pas pu le sauver.

— Mon Dieu, de quoi donc ?

— De l'infarctus. Il l'a terrassé. Pendant sa toilette.

Mme Plantain reçoit la nouvelle comme un coup de poing. D'une exclamation, elle résume tout le drame :

— Si jeune !

— J'ai eu le même problème avec un petit-cousin, mort à vingt ans en pleine partie de tennis... M. Bourdalin m'a demandé de vous prévenir...

— Serait-il possible de lui parler ?

— Écoutez, il est sous le choc. Je pense qu'il vaut mieux le laisser reprendre le dessus. (À mi-voix :) Il a eu un malaise.

— J'en connais une qui va être choquée à son tour, annonce Mme Plantain.

Elle prend sa respiration, puis ajoute :

— Françoise, ma fille. Elle l'aimait bien, le Dominique.

— Je suis sûre que vous saurez lui parler, l'entourer. Courage, chère madame, nous sommes de tout cœur avec vous.

Avant de raccrocher, Mlle Bénard glisse une ultime précision :

— Les funérailles auront lieu mardi à onze heures en l'église Saint-Bonaventure. (À mi-voix :) Je pense que M. Bourdalin sera remis.

Mme Plantain s'avance en titubant vers une Françoise inquiète, lui met la main sur l'épaule droite et extrait de sa gorge ces quelques mots :

— Ma pauvre enfant, tu as perdu Dominique une première fois, quand il a franchi la porte du séminaire. Mais ce n'était rien en comparaison d'aujourd'hui.

Elle n'a pas besoin d'en dire davantage. Françoise, qui l'a suivie des yeux pendant la conversation téléphonique, a compris. Le visage livide, elle émet deux ou trois cris stridents, comme pour se décharger du poids d'un amour secret, difficile à vivre, anéanti. Puis elle pleure de longues minutes à chaudes larmes.

Je ne vis pas Darineau l'après-midi, pendant la sieste de Saint-Matthias. Louisette s'en inquiéta :

— Tu es sûr qu'il n'est pas malade ? Je le trouve si squelettique et si blême.

— Cette histoire de crime l'a chamboulé.

— On le serait à moins !

Ma femme marqua une hésitation, puis posa la question qui lui brûlait les lèvres :

— On en sait davantage à propos de l'assassin ?

— Il n'y a que des supputations, pas de certitudes.

— J'ai l'impression que l'affaire est restée discrète. Je n'en ai pas entendu parler en ville.

— Je m'en félicite, ajoutai-je sans m'étendre.

— Entre le doyen et l'abbé Leroy, demanda ma femme à brûle-pourpoint, ça va toujours aussi mal ?

— Sans doute... Écoute, je n'en sais trop rien... Mais que veux-tu dire ?

— Je te demandais ça par hasard.

— Tu n'établis quand même pas de corrélation entre le crime et l'animosité des deux prêtres ?

Louisette s'abstint de répondre. J'insistai :

— De toute façon, que serait venu faire Dominique Martin-Labreux dans l'histoire ?

— Crois-tu que le doyen l'aimait bien, que, de tous les moniteurs, c'était son préféré ?

J'avouai mon ignorance. Nous allions dîner. La longue silhouette de Darineau se profila. Après avoir salué le visiteur, Louisette se retira et partit déguster son *fish and chips* dans la cuisine.

— Comment étaient les rapports entre Dominique et l'abbé Décoreur ? interrogeai-je.

— Excellents !

— Mais encore ?

— Je crois que la personnalité du jeune moniteur plaisait au doyen. Il a un faible pour les amoureux de la vie.

— Pourtant, Dominique avait des attitudes peu conformistes.

— C'est vrai. Mais par ailleurs, sur le plan théologique, il était assez classique. Ce n'était pas un fou d'engagement social, comme on en trouve dans le jeune clergé. Il s'intéressait surtout à la dimension spirituelle. Son mot, c'était le rayonnement. Un chrétien devait rayonner. Cela supposait, selon lui, qu'il ait dans le cœur un soleil. Notre ami parlait souvent du soleil intérieur.

— Que désignait-il par là ?

— Au jour de la Pentecôte, les apôtres étaient rassemblés à Jérusalem. Ils entendirent un ouragan, virent une boule de feu avec de multiples langues. La boule se sépara et, sur chacun des présents, une flamme vint se poser.

— Oui, mais cette flamme était extérieure.

— Dominique pensait qu'elle avait pénétré à l'intérieur des apôtres, transformant ces timorés en hommes de feu.

— Je comprends, dis-je.

— Pour Dominique, poursuivit le diacre, le feu de l'Esprit, inextinguible, continuait de se diviser au fil de l'Histoire, devenait pour chaque nouveau disciple un soleil intérieur.

Je revins aux relations entre le défunt et l'abbé Décoreur, pour émettre une remarque, entre ironie et amertume :

— C'est fou comme les hommes de pouvoir apprécient les spirituels ! Il est vrai qu'ils leur fichent une paix royale.

— Détrompez-vous, monsieur Hoskyns. Il n'y a pas plus révolutionnaire qu'un spirituel authentique.

Il marqua une pause, puis ajouta une précision importante :

— Le doyen avait une autre raison, plus essentielle, d'estimer Dominique : c'est grâce à lui qu'il a fait la connaissance de son très cher ami M. Bourdalin.

J'épargnai au diacre l'hypothèse qui, malgré son démenti, avait sans doute effleuré ma femme. L'idée que le premier vicaire puisse s'être vengé de son supérieur hiérarchique m'apparaissait peu plausible.

Plus tard, quand j'eus gagné la couche conjugale, aux côtés d'une Louisette engoncée dans le sommeil, il me revint que le prédicateur était à la fois le confident de l'abbé Leroy et le compatriote du vicaire général, le chanoine Marcejac. Grâce à cette conjonction, Leroy savait sans doute que le curé de Saint-Silice avait demandé sa mutation. J'imaginais qu'il n'en avait pas éprouvé de satisfaction excessive.

Le dimanche en fin de matinée, Darineau me confia qu'il avait pris des nouvelles de Françoise Plantain. À mesure que s'amortissait le choc, la jeune fille était hantée par le monastère du Champ-aux-Bécasses, à une dizaine de kilomètres de Bandégave, car il n'y avait pas d'endroit, selon elle, où Dominique ait connu plus intense bonheur. Elle se rappelait les yeux écarquillés face au Mystère, le visage resplendissant, la voix grave, un peu rauque, qui répondait : « *Gospodi pomiluij* » (Seigneur, prends pitié) aux prières de supplication récitées par le diacre. Son ami ressemblait aux anges de l'église Saint-Serge-de-Radonège : un mélange d'hiératisme et de suavité. Oubliés, les hésitations, les entortillements du discours ! Il s'exprimait avec clarté et d'une voix assurée. Comme si la majesté de la liturgie l'exhaussait, à moins que ce ne soit la présence de Françoise à ses côtés.

Après une nuit de larmes, la jeune fille monta, dès potron-minet, à bord de sa deux-chevaux et partit pour le Champ-aux-Bécasses. Au lieu d'escalader tout de suite la prairie, elle descendit jusqu'au lit de la rivière.

Puis, à l'appel du carillon, elle gravit la colline en direction de l'église Saint-Serge-de-Radonège. Quelqu'un lui céda sa place sur un banc de bois inconfortable. Ressentant la pesanteur de son corps, harassée par le chagrin et la veille, elle se contenta de picorer à travers la liturgie, entre deux sommes. Pendant le chant des « scandaleuses » Béatitudes — l'adjectif était du jeune disparu —, elle se remémora l'une de leurs conversations : « Tu ne trouves pas qu'il exagérait, ton Jésus ? — La Bonne Nouvelle se rit de la logique du monde, avait répondu Dominique. Qui veut sauver sa vie la perdra. Mais qui perd sa vie à cause de moi la sauvera. »

Qui perd gagne. Qui meurt vivra. Qui pleure se réjouira. La jeune fille se laissait bercer par ces antinomies ; elle y trouvait son réconfort. Le clergé sortit soudain du sanctuaire par le côté gauche. L'higoumène se recueillit devant les portes royales, demanda à Dieu la présence des anges, afin que la liturgie terrestre s'accomplisse en union avec le culte céleste. Françoise comprit ce dont Dominique l'entretenait et qui lui avait, tout d'abord, paru abstrait, fumeux. Et il lui sembla doux qu'entre ici-bas et l'au-delà, les barrières s'apprêtent à sauter, que son ami ne soit pas relégué dans un « autre monde », sans lien avec cette vie si amère et si douce, si cruelle et si rédemptrice.

Dimanche 9, après la messe du soir, l'abbé Décoreur entraîna Albert Bourdalin dans son bureau, pour une conversation qu'il se fit fort de raconter par la suite, tant elle l'avait impressionné. Il avait devant lui un homme recroquevillé, mal rasé, respirant avec peine. Le visiteur tenait ses lunettes entre ses mains. Un pleur s'était comme fossilisé sur l'aile droite de son nez. En haut du crâne, ce qui restait de cheveux se rebiffait : le professeur avait des allures de Tintin, mais d'un Tintin prématurément vieilli. On imaginait le doyen guère plus flambant, lissant avec vigueur, de ses pouces, l'envers de ses bretelles.

— Comment va, professeur ?

— Vous savez, cher père, que j'ai perdu mes parents dans des circonstances cataclysmiques. Mon fils spirituel vient de m'être ravi dans un contexte analogue. *« Nunc dimittis servum tuum, Domine, secundum verbum tuum in pace. »* Le bon Dieu peut reprendre ma vie. Elle s'est à jamais affadie. Et je sens souffler sur moi comme un grand vent de brume.

— Mais ces obsèques ?

— Quelles obsèques ?

— Celles de Dominique Martin-Labreux. Comment s'annoncent-elles ?

— Intimes. J'ai téléphoné au chapelain de l'université, lui enjoignant d'alerter étudiants et collègues. À la faveur de l'été, ils se sont volatilisés. Comme le défunt n'a plus de famille, je doute qu'il y ait grand-monde, mardi, à Saint-Bonaventure. À l'exception de nous, Saint-Silice, d'une vieille femme et de sa fille — mes amies, ses amies.

— Et pour la cérémonie, avez-vous quelque souhait ?

Bourdalin se redressa, rechaussa ses lunettes et répondit à son hôte d'une voix suppliante :

— Tout ce que je demande, c'est qu'on me laisse donner mon témoignage à propos de Dominique...

— On ne peut vous le refuser, admit Décoreur. Vous parlerez, la messe achevée, juste avant l'absoute.

Lundi 10 juillet, en fin de matinée, l'abbé Leroy me téléphona :

— Monsieur Hoskyns, je voudrais vous parler.

— Vous êtes toujours le bienvenu à la librairie !

Il hésita avant d'ajouter :

— Je préférerais que l'on se voie à l'église.

— Vous ne me facilitez pas la tâche, lui fis-je remarquer. Mais puisque vous me le demandez...

— À partir de dix-sept heures, je serai à mon confessionnal.

Je demandai à Louisette de bien vouloir

prendre en charge le magasin en fin de journée, ce qui n'avait rien d'une sinécure.

— Il faut que je me rende à l'église, précisai-je.

Elle ouvrit des yeux ébahis : elle me savait piètre chrétien l'été et dévot seulement à la fin de la saison thermale.

— Qu'est-ce qui t'arrive ? Une poussée de mysticisme ?

— Je suis convoqué par l'abbé Leroy, expliquai-je.

Il faisait beau, cet après-midi-là. Dans l'église, il y avait quelques vieilles dames en prière, ainsi qu'un maigre contingent de touristes, attirés par le nouveau chemin de croix, que l'abbé Décoreur avait fait réaliser par un artiste du cru, faute d'avoir pu décrocher Chagall.

Au milieu du bas-côté droit, je vis un meuble baroque, en chêne massif. C'était le confessionnal de « Monsieur le Premier Vicaire », comme l'indiquait une inscription, au-dessus de la porte. J'aperçus une paire de jambes nues, celles d'une pénitente. L'abbé Leroy avait dû commencer son saint ministère. Je m'engouffrai dans la partie vacante du confessionnal. J'attendis un long moment. La dame à qui appartenait la paire de jambes avait, pensai-je, une longue liste de péchés à égrener. M'impatientant, je ressortis, m'approchai de la porte. Par le rectangle grillagé, je ne discernai aucune forme tapie dans l'ombre. L'abbé Leroy n'était pas arrivé et la dame attendait, comme moi, mais avec davantage de placidité.

Je m'assis sur une chaise à deux pas. Le premier

vicaire finit par débarquer, m'adressa un signe de tête et s'installa dans la partie centrale du confessionnal. Il expédia littéralement la pénitente et ouvrit le guichet de mon côté. J'aperçus ses mains noueuses et les pans de son étole mauve. Étant agenouillé, je ne voyais pas plus haut que la pointe de son menton.

— Je vous écoute, me dit-il.

Souhaitait-il m'entendre en confession ?

— Mon père, commençai-je, pardonnez-moi parce que...

— Vous êtes M. Hoskyns ? m'interrompit-il.

— Oui, c'est cela.

— Il semblerait que vous vous intéressiez...

Je n'eus aucun doute sur le sens de la phrase.

— Comment le savez-vous ? l'interrogeai-je.

Il fit signe de la main que c'était un secret, puis enchaîna :

— Je vous ai indiqué que le père Charpentier était un homme courageux.

— Et alors ?

— Après le petit déjeuner, ce matin, il est allé trouver le doyen.

— Pour lui dire quoi ?

— Pour le mettre devant ses responsabilités.

— À savoir ?

— « Il y a un doute sur les circonstances de la mort... »

Nous entendîmes du bruit, tout près du confessionnal. Le premier vicaire éternua, laissa un silence et reprit, en baissant le ton :

— « Il y a un doute. Et vous devez vous donner les moyens d'éclaircir les choses. »

— Et qu'a répondu le doyen ?

— « Occupez-vous de vos prêches. Et ne cédez pas, comme tant d'autres, à la malveillance. Le médecin a rempli son office. Qu'est-ce que vous voulez de plus ? »

« “Mais il y a le témoignage de l'abbé Ducombet”, a renchéri le père Charpentier.

— Et quelle fut la réaction de son interlocuteur ?

— « Ducombet ! Ducombet ! s'est-il esclaffé, je n'appelle pas cela un témoin. » Le prédicateur a levé le siège, contrarié. « Vous aurez un jour à rendre des comptes », a-t-il déclaré en sortant du bureau de M. Décoreur.

— Et vous, quelle est votre idée ? demandai-je.

— Il y en a qui ont des choses à cacher.

— Des choses qu'ils ont faites ?

— Oui. Eux ou leurs protégés.

L'abbé Leroy esquissa un geste de la main, referma le guichet. Je l'entendis ouvrir celui qui se trouvait de l'autre côté.

En m'extrayant du confessionnal, je tombai sur un jeune homme à genoux. Il était tellement concentré qu'il ne dut pas remarquer ma présence. Tantôt il battait sa coulpe avec ardeur, tantôt il mettait ses bras en croix. Il avait les cheveux courts, coupés en brosse, un blouson, et un pantalon gris, des chaussures de marche. Je présumai qu'il s'agissait du « mystique », Edmond Garcin, le responsable de la section des « moyens », dont Mary Nicholson avait rapporté la rencontre inopinée avec Mlle Bénard, durant la fameuse nuit de vendredi à samedi.

Je restai quelques minutes dans l'église et réfléchis au comportement du premier vicaire : quel but poursuivait-il et comment avait-il appris que j'enquêtais ?

Jean-Pierre Darineau passa à la librairie avant le dîner. Je lui racontai mon entretien avec l'abbé Leroy et lui posai la question qui me turlupinait. Il m'indiqua :

— Ne m'en veuillez pas, mais j'ai eu une conversation avec l'abbé... à son initiative. « Que se passe-t-il ? Je vous trouve l'air inquiet. Et puis, j'ai l'impression que vous cherchez quelque chose », m'a-t-il dit, en ajoutant à mi-voix : « Que pensez-vous de cette affaire d'infarctus ? » Je lui ai fait part de mes doutes et je lui ai avoué que j'essayais de réunir des éléments au sujet de l'« affaire ».

— Vous avez cité mon nom ?

— C'est lui qui l'a fait. « Vous en parlez, m'a-t-il demandé, avec le libraire ? » Au presbytère, on connaît nos bonnes relations. Et, pour revenir à l'abbé Leroy, ça le rassure plutôt, que quelqu'un d'extérieur, un laïc, s'intéresse à cette histoire...

Nous observâmes un long silence, après quoi mon interlocuteur me précisa :

— Demain, je me rendrai à Bandégave pour les funérailles.

— Vous m'y verrez..., annonçai-je. À quelle heure comptez-vous partir ?

— À quatre heures du matin. La route est

longue, tortueuse. Il faut se réserver un délai de sécurité.

— Qui fera partie de la délégation du presbytère ?

— Le doyen, M. Bourdalin, Mlle Bénard, le père Charpentier, Garcin et moi.

— Le père Charpentier ? À quel titre ?

— Il a tellement insisté !

Sous l'œil de mémé Charlier et de l'abbé Ducombet, les deux véhicules s'ébranlèrent dans l'ordre hiérarchique : la CX grise du doyen avec, à son bord, outre son propriétaire, Mlle Bénard et M. Bourdalin, puis la R 5 bleue de Garcin, dans laquelle avaient également pris place Darineau et le prédicateur.

À peine quitté Saint-Silice, le père Charpentier fit résonner la R 5 de ses remarques :

— Ducombet passe pour un givré. Or, cette nuit de vendredi à samedi, c'est lui qui s'est montré le plus sagace. Il est resté en éveil, ce qui lui a permis d'être témoin d'un certain nombre de choses. Moi, j'ai bien entendu du vacarme, mais j'ai fait comme Simon-Pierre au jardin des Oliviers : j'ai plongé dans le sommeil, moitié par fatigue, moitié par lâcheté.

Garcin interrogea Darineau :

— Qu'est-ce que c'est que cette histoire de pansement à la gorge ?

Mais pour toute réponse, il n'obtint qu'un geste évasif.

Cela faisait plus de deux heures que les deux voitures avaient quitté Saint-Silice pour Bandégave quand il se produisit à Saint-Matthias quelque chose d'inattendu, qui provoqua un peu de détente dans l'équipe des moniteurs restée sur place et dont, au retour, Darineau fut vite informé.

Alignés, les grands s'ébranlaient en direction de l'Établissement.

Alignés, les moyens leur emboîtaient le pas.

Marie Gagnabie, qui surveillait les opérations, s'écria :

— Mais les petits, il manque les petits !

De fait, ceux du dortoir de Mary Nicholson n'étaient toujours pas apparus.

Gagnabie fonça vers le sous-marin, traversa le réfectoire des curistes, remonta par le bureau de Mlle Bénard, franchit un étage, puis deux, pénétra dans le dortoir plongé dans le silence et l'obscurité : elle aperçut un moutonnement de corps recroquevillés, d'où émanait un concert de respirations difficiles. Elle effectua un savant zigzag entre les lits, jusqu'au cagibi de Mary Nicholson, heurta la porte sans retenue. N'entendant nulle réponse, elle tourna la poignée, entra : la pièce était vide, le lit défait, la table débarrassée, la penderie déménagée.

— Mon Dieu ! Mais où est-elle passée ?

La directrice intérimaire entreprit d'explorer le minuscule cabinet de toilette. Elle ouvrit le rideau. Sur le fil de coton, dans l'angle gauche, séchait une petite culotte rose : tout ce qui restait de Mary Nicholson.

Ayant confié la librairie à Louisette, je partis, moi aussi, pour Bandégave, au volant de mon Alfa Romeo.

L'église Saint-Bonaventure était construite dans le style néogothique. En franchissant la porte latérale, je humai l'atmosphère où se mêlaient les odeurs d'encens et de moisi, et jetai un regard panoramique sur l'agencement des lieux. Plusieurs détails retinrent mon attention. Autour du siège du célébrant principal, l'on avait disposé trois tabourets — preuve, sans doute, qu'un prêtre de la faculté rejoindrait pour la célébration l'abbé Décoreur, le RP Charpentier et le diacre, Jean-Pierre Darineau. Près de la Sainte Table, deux panneaux étaient accrochés au dossier de deux chaises : l'un, à gauche, portait la mention « Université » ; l'autre, à droite, indiquait : « Famille », ce qui paraissait pompeux, vu l'histoire tragique de Dominique Martin-Labreux.

Les cloches entamèrent leur appel plaintif. Je descendis la nef pour me poster près du grand portail. Les employés des pompes funèbres s'agitaient autour du fourgon mortuaire. J'entendis un crissement sur le gravier de la placette qui donnait sur une toute petite rue. Un taxi s'immobilisa devant le fourgon. Le chauffeur en descendit, se dirigea vers l'arrière, ouvrit la portière de gauche. Une vieille femme, l'air effondré, eut de la peine à s'en extraire. Elle mit le pied droit sur le gravier, s'agrippa à la voiture, se dressa en chancelant, un fichu noir sur la tête.

Elle attrapait le bras du chauffeur, quand une jambe très longue, très fine, jaillit de l'entrebâillement d'un imperméable et prit appui sur le sol avec précaution, de peur que ses hauts talons n'entraînent un dérapage. Je suivis du regard la découpure de ce grand sabre sombre à la lame luisante, entraperçus la jupe, détaillai le corps de la jeune fille qui, d'un geste d'une infinie élégance, émergeait des profondeurs du taxi. Je remarquai le cou blanc nacré, le visage diaphane, les yeux rougis, le front plissé. La jeune fille tourna la tête à gauche, du côté de la ruelle. Il semblait qu'elle voulait éviter le regard affairé des croque-morts, l'aspect brillant, trompetant du fourgon mortuaire.

Le clergé traversa la nef : dans le cortège, un prêtre plutôt jeune, au faciès de catcheur, boudiné dans son aube, que je ne connaissais pas. Décoreur, amaigri, mal rasé, s'avançait en fin de procession, les mains jointes, l'allure archiépiscopale. La jeune fille que je venais de découvrir gardait la tête tournée vers la ruelle. Soudain Bourdalin déboula dans mon champ de vision, à deux pas d'elle, sur la plus haute marche du perron. D'une toute petite voix, il fit « te-te-te » en agitant une main grassouillette, mais sans soulever le bras. Fut-ce l'arrivée du cortège, le rapprochement des chants, qui secoua la jeune fille de sa méditation ? Sa tête pivota, son visage marmoréen s'anima. D'un élan, elle franchit la distance qui la séparait de l'homme. Celui-ci n'eut d'autre option que d'ouvrir les bras. Il n'y avait guère de doute : la jeune fille était Françoise Plantain.

Quatre croque-morts se saisirent du cercueil, le hissèrent à hauteur d'épaule, et s'avancèrent dans la nef. Bourdalin agrippa le bras droit de Françoise, qui remonta l'église à ses côtés. Il n'y avait pas grand-monde. Je pris place dans le premier tiers de la nef, à l'ombre de la chaire dont j'avais lu qu'elle était classée monument historique.

Au cours de la messe de funérailles, le doyen insista sur la nécessité de « demander pardon » : pardon de n'avoir pas reconnu Dominique à sa vraie valeur, de ne pas l'avoir suffisamment entouré et même « pardon pour cette mort qui aurait sans doute pu être évitée ». En entendant cette dernière formule, prononcée au cours de la liturgie pénitentielle, il m'apparut que le père Charpentier fit un signe de tête approbateur.

Comme évangile, Françoise avait choisi l'épisode de l'onction de Béthanie, au chapitre XII de Saint-Jean, dans une version paraphrasée par le défunt, publiée dans le *Bulletin* des étudiants de la corpo de théologie de Bandégave :

« *Six jours avant la Pâque juive, Jésus arrive à Béthanie, la ville de son ami Lazare, celui qu'il avait "relevé d'entre les morts". Un dîner est organisé en l'honneur du maître. Lazare se trouve, bien sûr, parmi les convives. Cette fois, il n'a pas la vedette ; pas plus que sa sœur Marthe, préposée au service. Celle qui capte tous les regards, c'est l'autre sœur, Marie, une jusqu'au-boutiste de l'amitié. Imaginez ! Elle a acheté un parfum hors de prix : trois cents deniers, autant de journées de travail d'un ouvrier agricole de l'époque. Et elle le répand à grands flots sur les pieds de Jésus, qu'elle essuie, d'une caresse de sa chevelure. "Toute la maison, souligne l'évangéliste, fut remplie de ce parfum." Judas a observé la scène avec le regard de celui qui s'en met plein les poches. Il lance hypocritement : pourquoi n'avoir pas vendu le "nard pur" et distribué l'argent aux pauvres ? On attend l'avis du premier concerné, à savoir Jésus lui-même. Va-t-il, lui aussi, dénoncer le "gâchis" ? Mais non ! "Laisse-la, dit-il, elle observe cet usage en vue de mon ensevelissement."* »

Ce texte, qu'il m'avait semblé entendre pour la première fois, me bouleversa. Je ne fus pas le seul à être saisi par l'émotion. D'où j'étais, je vis Françoise fondre en larmes.

Plus tard, je demandai à Darineau s'il savait la raison du choix de ce texte.

— Il y a quelque temps, me confia-t-il, pour son anniversaire, la jeune fille avait offert à Dominique un flacon de parfum.

Je crus que la messe allait reprendre son cours après un sermon assez banal, où le doyen avait cédé à sa grandiloquence habituelle. Mais Bourdalin se leva, entra dans le sanctuaire par une trouée au milieu de la sainte table, s'installa devant le lutrin, mit en marche le micro. L'abbé Décoreur se racla la gorge. Il murmura quelque chose. Le professeur ne semblait pas entendre. Il imposa au micro une sorte de prosternation, afin de le faire venir à hauteur de lèvres, puis il fouilla dans la poche droite de sa veste de tergal gris cendré, en extirpa une feuille jaunie pliée en quatre, la parcourut, la replia, la remit dans sa poche, rajusta ses lunettes aux épais verres teintés, ferma les yeux, croisa les doigts, prit sa respiration et s'adressa à la maigre assistance, d'une voix lassante à force de trémolos.

Il commença par évoquer « une existence marquée au sceau de la tragédie » : la disparition accidentelle des parents Martin-Labreux, le désespoir de leur fils unique, la folie qui « le recouvrit de son noir manteau ».

— Mais, ajouta-t-il, Dieu ne fait pas qu'éprouver : il sauve. Sur son chemin de croix, le jeune homme rencontre un prêtre, son aumônier de lycée, véritable Simon de Cyrène. Il lui redonne le goût de vivre. Dominique s'éveille à la foi et, cédant à l'appel du Christ comme jadis les pêcheurs du lac de Tibériade, il se met en marche vers le sacerdoce. Il entrevoyait le but, mais sa mort nous a frappés tel un coup de poignard...

Bourdalin observa une pause assez longue, puis reprit :

— Je pourrais tenter d'exprimer la profondeur de l'amitié, la complicité qui nous unissait. Et, à cette auguste assemblée, montrer, tel Jésus à l'apôtre Thomas, les plaies ouvertes en mon âme par cette disparition. Je m'en abstiendrai par pudeur. À chacun de porter sa croix ! Et tant mieux s'il rencontre sur sa route un bras secourable ! Bouleversé par le mystère de la mort précoce, j'ai repris ma bonne vieille bible, Pénélope qui m'attend à mon chevet, compagne des soirs de peine. Et je dois confesser que j'ai été saisi par tous ces héros fauchés dans la fleur de l'âge et parfois même... dans le bourgeon. Je pense à Abel, le pâtre, à Isaac, le fils de la vieillesse, aux Saints Innocents, à Jésus lui-même, mort à la trentaine ! À croire que le sang de la jeunesse est l'encre avec laquelle s'écrit l'Histoire !

Bourdalin avait mis les bras en croix. Ses doigts frémissaient, pareils à des ailes de papillon. On sentait qu'il puisait aux profondeurs de son être et que cela l'exténuait. Il ajouta en guise de bouquet final :

— Abel, Isaac, les Saints Innocents, Jésus, Dominique appartiennent tous à cette jeunesse offerte en sacrifice, qui fait lever le monde comme une pâte, le transforme, le ressuscite de l'intérieur.

La messe terminée, avant l'absoute, l'abbé au faciès de catcheur se pencha vers le doyen et lui glissa quelques mots à l'oreille puis, sur un signe de tête positif, il se dressa, alluma le micro, presque en face de lui, et, d'une voix assurée, sans notes, prit la parole :

— En qualité de vice-doyen de la faculté de théologie, permettez-moi de vous adresser quelques paroles qui ont pour but de nous situer en vérité face à cette disparition. Tout à l'heure, monsieur le curé de Saint-Silice, vous nous avez invités à demander pardon. C'est, je le confesse, une nécessité chrétienne. Le juste ne pèche-t-il pas, au dire de l'Écriture, soixante-dix fois par jour ? Mais, dans les circonstances qui nous réunissent, il convient avant tout de remercier. De louer Dieu pour cette vie limpide, lumineuse et droite qui vient d'achever son trop bref parcours parmi nous. Pour tout ce que nous a apporté

Dominique Martin-Labreux de visible et d'invisible.

« En deuxième lieu, par rapport aux nombreux personnages bibliques disparus dans des circonstances tragiques, je voudrais souligner la singularité de Jésus, car c'est délibérément qu'il a versé son sang “pour la multitude”. Nul ne l'a obligé à entrer dans sa passion et cette liberté, à l'heure du choix, fait la grandeur de son sacrifice et lui confère une valeur rédemptrice.

« Enfin, disons-le de la façon la plus nette, le décès de notre ami, enveloppé de mystère, représente aux yeux du Père une aberration et un scandale. Car “la gloire de Dieu, écrivait saint Irénée, c'est l'homme vivant”.

Après l'absoute, je laissai la maigre assistance sortir de l'église Saint-Bonaventure, puis je quittai l'édifice à mon tour. En descendant le petit perron, devant le portail, je me trouvai nez à nez avec Darineau. Dans le creux de l'aisselle, il tenait son aube, repliée à la hâte. Il regarda alentour, dut juger qu'il n'y avait pas d'oreille importune et lança :

— Quel coup de théâtre !

— À quoi faites-vous allusion ?

— L'hypothèse du crime est sortie du cercle étroit du presbytère et de Saint-Matthias pour être formulée publiquement. Le doyen a donné le ton en évoquant « une mort qui aurait sans doute pu être évitée ». Bourdalin lui a emboîté le pas en produisant une liste de figures bibliques qui, toutes, ont péri de mort violente, à l'exception d'Isaac — aviez-vous noté l'erreur ? —, car Isaac a été sauvé in extremis. Enfin, le dernier orateur, l'abbé Davidson, a parlé d'un décès « enveloppé de mystère », comme s'il ne croyait pas à la thèse d'une mort naturelle.

Je rétorquai, après un léger temps de réflexion :

— Vous me semblez prêter à ces personnes des intentions qu'elles n'ont pas eues. Leurs propos se comprennent parfaitement au premier degré.

— Comment ça ?

— À mon avis, le doyen suggérait que, grâce à un suivi médical, le jeune moniteur aurait pu s'épargner une fin si précipitée. L'abbé Davidson voulait souligner, lui, le caractère mystérieux de cette vie brisée avant d'avoir donné tout son suc.

— Et Bourdalin ?

— Je pense qu'il n'avait pas la prétention d'éclaircir les circonstances concrètes du décès. Il en cherchait plutôt la signification spirituelle.

— Vous êtes un redoutable dialecticien, monsieur Hoskyns... J'imagine que vous avez noté l'échange à fleurets mouchetés entre le professeur et son collègue.

— Je ne suis pas certain d'avoir bien saisi.

— Je ne crois pas trahir la pensée de Bourdalin en affirmant que, pour lui, la mort juvénile fait partie d'un plan divin. Elle s'apparente au sacrifice, en ce qu'elle produit de la vie, « ressuscite le monde de l'intérieur », selon son expression. Pour Davidson, au contraire, il s'agit là d'une aberration, d'un scandale au regard même de Dieu.

— Davidson récuse-t-il l'idée de sacrifice ?

— Non, mais il estime que celui-ci implique un acte de la volonté libre, une disposition intérieure, un désir de faire de sa vie une offrande. Ainsi, on se sacrifie soi-même, pour une personne, une cause, un idéal ; on ne sacrifie pas quelqu'un d'autre.

— Vous estimez, j'imagine, que c'est Davidson qui est dans le vrai ?

— Bien sûr ! Mais, à l'égard du professeur, je suis enclin à une certaine indulgence. Sa théologie date de Mathusalem. Et puis mettez-vous à sa place : il vient de perdre son « fils ». Pour ne pas sombrer dans le désespoir, perceptible à cette voix brisée, à ces trémolos, il a besoin de croire que sa mort était divinement programmée.

— Et quand Bourdalin déclare à propos de Dominique : « Il approchait du but », de la prêtrise, vous pensez qu'il prenait ses désirs pour des réalités ?

— Nous en avons déjà parlé, il me semble... Mais, pour être plus sûr, il faudrait interroger Françoise. Elle était sans doute mieux au courant que moi de l'évolution de notre ami.

Autour de nous, trois ou quatre petits groupes échangeaient des propos à mi-voix. Je vis quelqu'un se faufiler entre eux, s'avancer vers nous. Il héla le diacre :

— Dépêche-toi, Darineau, on t'attend. On part pour le cimetière.

L'homme avait un costume gris, un col romain. Il arborait une petite croix au revers du veston. À ses cheveux courts, coupés en brosse, je reconnus l'abbé Garcin, le « mystique ».

— Je file, indiqua mon interlocuteur. Tâchez de suivre le cortège.

Ma voiture était garée à proximité. Je me conformai aux instructions.

Cimetière de l'Est. Le simple cercueil de bois blanc est à deux mètres sous terre. Autour du trou, outre les croque-morts affairés, l'abbé Décoreur, les dames Plantain, Bourdalin, Odette Bénard, le père Charpentier, Darineau et Garcin. Quant à moi, par discrétion, j'ai décidé de rester en retrait.

Ultime prière, ultime bénédiction, tout est consommé. Le groupe se disloque. Les dames Plantain gagnent l'allée centrale, Darineau leur emboîte le pas. Le crissement du gravier parvient sans doute aux oreilles de Cheftaine, car elle se retourne. Elle aperçoit les deux dames, bras dessus bras dessous, avançant à une allure de tortue. Elle va à leur rencontre, les salue et dit :

— Je suis la directrice de Saint-Matthias. Je voudrais parler à Mlle Plantain.

La mère de Françoise fixe celle qui, au téléphone, lui avait annoncé la funeste nouvelle, puis libère sa fille, continue son chemin seule. Françoise et Odette Bénard prennent une allée latérale. Elles parcourent encore une cinquantaine de mètres, au terme desquels Cheftaine pivote sur elle-même. Elles sont à trois mètres de moi, mais entre nous se dresse un important monument funéraire. Je m'écarte, penche la tête. De son regard perçant, j'ai l'impression que la gouvernante déshabille la jeune fille.

— Ainsi c'est vous, Françoise Plantain ? lui demande-t-elle d'une voix forte.

— Parfaitement, mademoiselle.

— M. Bourdalin m'a parlé de vous. Il vous adore, je crois.

Cheftaine entrouvre sa veste gris anthracite, sort son chemisier de sa jupe. Que veut-elle montrer ? Une cicatrice ? En penchant la tête, j'entrevois quelque chose de fuchsia, le jupon sans doute. Plaqué dessus, retenu par la ceinture, émerge un rectangle de carton rose. Cheftaine l'extrait de sa cachette. C'est un carnet qu'elle tend à la jeune fille. Françoise le feuillette. Elle reconnaît l'écriture et s'écrie :

— Oh ! merci, mademoiselle, merci infiniment !

Elle plaque un baiser sur la joue droite de Mlle Bénard et, sans se soucier de sa mère, elle s'en va par les allées du cimetière. Elle parcourt avec fièvre le talisman, s'arrête à quelques pages, puis l'enfourne dans son sac à main.

De loin, j'aperçus Mlle Bénard s'engouffrant dans la voiture du doyen. M'avait-elle remarqué, ici ou à l'église ? Bourdalin devait être déjà installé dans la CX. J'entendis le crissement du démarrage. Repérant Darineau, je m'avançai vers lui.

— Je m'en vais, dis-je.

— Une seconde ! Que je vous présente à ces dames !

Mme Plantain et sa fille émergeaient du cimetière à tout petits pas. Nous les laissâmes venir vers nous. Françoise fit un signe au diacre de la main.

— Vous ne connaissez pas mon ami M. Hoskyns ? lui demanda celui-ci. C'est le libraire de Saint-Silice. Dominique figurait parmi ses clients assidus. Ils étaient devenus amis.

La jeune fille me salua d'un hochement de tête et sa mère me tendit la main.

— Je vous présente mes condoléances, murmurai-je.

Françoise m'adressa ces quelques mots :

— Je vous remercie vivement d'avoir fait tout ce chemin. C'est un beau témoignage à l'égard de Dominique. J'espère que, lorsque notre vie aura repris son cours — mais ce ne sera plus jamais comme avant —, j'espère que nous nous reverrons. Oui, de tout mon cœur. Encore merci, monsieur Hoskyns.

Elle s'approcha de Jean-Pierre, lui glissa quelque chose à l'oreille. Le diacre se tourna vers moi.

— On se retrouve demain, en fin de matinée, à la librairie, me dit-il. Comme d'habitude !

Je remontai dans mon Alfa Romeo. Elle dévora les kilomètres.

La R 5 bleue de l'abbé Garcin quitta Bandégave une demi-heure après la CX grise du doyen. Comme à l'aller, elle avait à son bord, outre son propriétaire, Jean-Pierre Darineau et le prédicateur. La première étape fut brève : elle consista à contourner la ville par le sud, à gagner le fleuve et à dénicher, sur sa rive, un restaurant où l'on servirait des anguilles. Le père Charpentier voulait absolument goûter les anguilles de Loire et boire le vin blanc sec de Savennières.

Au dessert, il évoqua la cérémonie des funérailles.

— Comment l'appelez-vous, ce prêtre qui a parlé en dernier, avant l'absoute ? Je n'aurais pas voulu être à la place de Bourdalin. Quelle leçon de théologie il lui a administrée !

— Le prêtre s'appelle Davidson, précisa Darineau. C'est notre vice-doyen. Il enseigne avec bonheur la dogmatique.

Garcin, qui avait jusque-là gardé le silence, fit irruption dans la conversation :

— Davidson et Bourdalin sont de sensibilités théologiques opposées. Tous deux ont étudié saint Augustin. Mais ils ne portent pas la même appréciation sur son œuvre.

— Vous pouvez m'expliquer leurs positions ? demanda Charpentier.

— Bourdalin est un augustinien pur et dur, intervint Darineau, en coupant l'herbe sous le pied de son collègue. Pour lui, l'homme est perverti par le péché d'origine. Il ne peut rien sans la prédestination, sans la grâce.

— Et Davidson est un augustinien du genre mollet ? avança en plaisantant le prédicateur.

— Si l'on peut dire, concéda le diacre. Il pense qu'Augustin est allé trop loin avec sa notion de prédestination, que, d'une certaine façon, il a introduit en Dieu de l'arbitraire, et qu'il a une vision trop pessimiste de la nature humaine.

— Moi, j'approuve Bourdalin, affirma Garcin avec fougue. Il ne faut pas céder à toutes les utopies concernant la prétendue bonté de l'homme. Avec la Révolution française, on a vu dans quelle sanglante impasse conduisait l'une d'entre elles, le rousseauisme.

— Comme l'a si bien écrit Michelet, objecta Darineau, « la Révolution française est un tout » et on ne peut dissocier...

— Laissons-là ce monceau de crimes que tu appelles la Révolution, l'interrompit Garcin. Notre conversation est partie de saint Augustin. Ceux qui le critiquent aujourd'hui sont comme les pélagiens de jadis. Ils font passer par pertes et profits le sacrifice du Christ, qui nous a sauvés. Saint Augustin ne cessait de répéter : le nom de « Jésus » signifie « sauveur ». Alors, si la nature est tellement parfaite, qu'a-t-elle besoin d'être sauvée ?

Charpentier écouta les arguments des deux séminaristes sans prendre parti, car le temps passait et la route était longue et sinueuse jusqu'à Saint-Silice.

Pour Mlle Gagnabie, je l'appris un peu plus tard au téléphone par l'abbé Leroy, l'attente du retour des chefs fut interminable. Elle regardait pour la énième fois par la fenêtre du bureau de Mlle Bénard. En vain. « Je ne savais pas Bandégave au bout du monde », se disait-elle sans doute.

Mais sa patience finit par porter ses fruits. Un bruit de dérapage donna l'alerte. La CX du doyen s'arrêta brutalement devant le presbytère. Gagnabie décida d'anticiper la nuit du dortoir des petits. Le disque de musique classique fut brutalement contraint au mutisme, elle fit ramasser albums et livres, éteignit les loupiotes. Comme pour se faire pardonner sa précipitation, elle promit : « Je reviendrai tout à l'heure vous embrasser. » Elle descendit l'escalier de Saint-Matthias, traversa la courette puis l'avenue Jean-Moulin. L'abbé Décoreur venait de pénétrer dans son cabinet ; il en humait l'atmosphère tout en consultant son courrier. Il entendit le bruit de la porte d'entrée, se retourna. Gagnabie lui lança joyeusement :

— Eh ! bonsoir, monsieur le curé, je voudrais...

— Mademoiselle, vous voyez bien que je suis occupé...

Une demi-heure plus tard, Cheftaine prit le téléphone, appela Saint-Matthias, et demanda à la Marie de la rejoindre dans le bureau du doyen. La convoquée rappliqua sans attendre. En entrant dans la pièce, elle lança joyeusement :

— Eh ! bonsoir, monsieur le curé, bonsoir, mademoiselle.

— Bonsoir, Marie, lui répondit, assez avenant, l'abbé Décoreur.

Mlle Bénard la gratifia d'un semblant de baiser dont elle savoura la rapide caresse moustachue. Cette privauté accomplie, la duègne s'enquit :

— Alors, Marie, cette journée ?

Gagnabie émit un petit signe pour indiquer qu'elle avait été fertile.

— L'abbé Ducombet a vendu ses Dragoon, dit-elle d'abord.

La nouvelle fut accueillie dans le plus total silence. L'institutrice ajouta :

— Mary Nicholson a disparu.

— Ça, c'est la meilleure ! commenta Cheftaine.

Ce fut le branle-bas de combat. La gouvernante fila vers Saint-Matthias, parcourut les pièces une à une. Les bambins du dortoir des petits bavardaient. Elle les fit mettre debout, les interrogea sur leur monitrice. Miss Nicholson avait dû quitter Saint-Matthias dans la nuit de lundi à mardi. C'était étrange, car il n'existait aucun train entre dix-neuf heures vingt et une et huit heures moins sept du matin.

De dépit, la gouvernante se réfugia dans son petit bureau. En triant son courrier, elle remarqua une enveloppe cachetée rose. « Mademoiselle Bénar » (sans *d*), était-il indiqué, d'une écriture très appliquée et manifestement féminine. Elle ouvrit l'enveloppe et lut :

> Mademoiselle Bénar,
>
> Je suis très désolé, des événements familials obligent de quitter Saint-Matthias avec rapidité. Je vous prie m'excuser vraiment beaucoup. Je garderai un souvenir certain de mon séjour parmi vous. Je vous remercie l'ayant permis.
>
> Avec les regards et gratitude.
>
> Mary Nicholson.

Chacun des moniteurs eut la possibilité de consulter la lettre. Mlle Bénard voulait-elle s'assurer qu'on ne la mettrait pas en cause, cette fois ?

Le lendemain, à l'heure dite, Jean-Pierre Darineau se présenta à la librairie. Il avait le teint encore plus hâve que d'habitude.

— Vous avez fait bon voyage ? lui demandai-je.

— L'avantage avec la R 5, c'est que sur un parcours accidenté, vous allez presque aussi vite qu'avec une grosse voiture.

— Rien de neuf depuis notre dernière conversation ?

Il me raconta le déjeuner et la joute théologique entre lui-même et Garcin. À la fin du récit, je lui posai la question :

— Sur quoi porte exactement la thèse de M. Bourdalin ?

— Sur Julien d'Éclane. Vous ne le saviez pas ?

— Comment voulez-vous que je sois au courant ? Je n'étudie pas à l'université catholique de Bandégave. Je ne dîne pas au presbytère de Saint-Silice. Et M. Bourdalin n'est pas ce que j'appelle un client.

— Julien, se mit à expliquer mon visiteur, est né dans le dernier quart du IVe siècle. Sa mère appartenait à une grande famille romaine. Son père exerçait le métier d'évêque. Julien marcha sur ses traces.

— En somme, une vie qui s'annonçait peu romanesque !

— Une seconde, monsieur Hoskyns ! Il entra en relation avec Pélage.

— Qui était, lui... ?

— Natif de Grande-Bretagne, comme vous. C'était une sorte de directeur de conscience, un professeur de vertu, lui-même ascète.

— Jusque-là, pas de problème.

— Si ce n'est qu'à force de prêcher l'idéal, il en est venu à surestimer les capacités de la nature humaine et du libre arbitre.

— Julien était sur la même longueur d'onde ?

— Il était plus radical encore. Pour aggraver son cas, il aimait la bagarre. Avec saint Augustin, comme l'a noté un historien, il s'est lancé dans une véritable « guerre punique de l'esprit ».

— Que lui reprochait-il ?

— Entre autres, sa doctrine du péché originel.

— Je ne vois pas le rapport !

— Pour l'évêque d'Hippone, aujourd'hui Annaba, en Algérie, la nature humaine est blessée. Car le péché du premier homme s'est transmis à sa descendance par la génération.

— J'imagine que Julien n'était pas d'accord avec cette idée ?

— Si la génération transmet le péché, argumentait-il, c'est donc que la sexualité est mauvaise.

— Ainsi pensaient les manichéens, je crois.

— Vous avez raison, Peter. D'ailleurs, Julien répétait à Augustin : « Manichéen tu étais dans ta jeunesse ; manichéen tu es demeuré. »

— Si j'ai bien compris la discussion entre cet abbé Garcin et vous, tandis que vous décortiquiez vos anguilles, Bourdalin est plutôt du côté de saint Augustin ?

— À fond ! Cela a même été la source de ses ennuis avec son patron de thèse.

— Pourquoi ?

— Ce docte personnage prétend qu'un thésard n'a pas à prendre position. Il doit analyser, c'est tout, faire œuvre de scientifique, et non de prédicateur.

Pour intéressantes qu'elles fussent, ces considérations, me sembla-t-il, ne faisaient pas beaucoup avancer notre enquête. J'en fis la remarque à mon interlocuteur. Il m'indiqua :

— Je ne vous ai pas encore tout raconté.

— Vous avez du nouveau à propos du crime ?

— Quand vous avez repris la route, Françoise m'a montré le carnet intime de Dominique. Sur la fin, une courte séquence a retenu mon attention. Il était écrit : « Lum. orient. Prévenu P.P. Scène d'une incr. viol. verb. »

— Pas facile à interpréter !

— Je ne suis pas tout à fait de cet avis.

— Vous êtes parvenu à percer l'énigme ?

— En partie, au moins.

— Alors, dites-moi vite !

— Au début, il y a « lumière orientale ». Et à la fin, selon toute vraisemblance, « incroyable violence verbale ». Le problème, c'est le milieu. « P.P. ». ça doit être un nom de personne. Le carnet est rempli d'abréviations de ce genre.

— Connaissez-vous quelqu'un appartenant à l'entourage du disparu qui aurait de telles initiales ?

Darineau avoua qu'il n'avait aucune piste.

Une hypothèse me traversa l'esprit. Je la lui soumis :

— Ce pourrait être Mlle Gagnabie. Drôle de P.P. !

— Intéressant, reconnut-il, très intéressant, même...

Puis il se ravisa :

— Mais quel rapport avec la lumière orientale ? Dominique, me semble-t-il, a parlé du monde orthodoxe à quelqu'un et cela a provoqué chez cette personne « une incroyable violence verbale ». Reste à trouver de qui il s'agissait. Avez-vous une idée ?

— Et si c'était Bourdalin ?

Darineau émit ce commentaire :

— Vous dites cela parce que c'est un conservateur, un catholique pur jus, qui disqualifie les autres confessions, les autres approches ?

J'opinai du chef.

— Savez-vous, reprit mon interlocuteur, que Bourdalin est allé chez les moines du Champ-aux-Bécasses ? Seul, à vélomoteur. C'est ainsi qu'il se déplace.

— Et a-t-il fait part de ses impressions ?

— Oui, un soir, chez les dames Plantain. Dominique m'a relaté la scène. Le professeur a évoqué son équipée et formulé ce commentaire : « Voilà la religion telle que je l'aime. »

— A-t-il précisé ce qui l'attirait dans la liturgie orientale ?

— Dominique, en tout cas, ne m'en a pas informé. Il appréciait, j'imagine, la majesté de la cérémonie, un certain décorum, une ambiance sacrale qu'on ne retrouve plus guère dans l'univers catholique.

Darineau consulta sa montre.

— Je vais être en retard au déjeuner, nota-t-il. Et la directrice me passera un savon.

— Une dernière question, Jean-Pierre : les relations entre Bourdalin et Martin-Labreux se sont-elles tendues récemment ? Avez-vous relevé des indices suggérant que leur amitié n'était plus au beau fixe ?

Le diacre répondit sans hésiter :

— Tenez, pas plus tard que vendredi dernier, le professeur a tenté, depuis la capitale, de joindre Dominique, pour lui parler de sa rencontre avec son patron de thèse. Je m'en souviens car, en l'absence de mon collègue, il m'a fait chercher. Non, Peter, leurs relations ne connaissaient pas d'éclipse : ils étaient amis, confidents, complices. Comme depuis l'origine.

Pour finir, je rapportai au diacre ce que m'avait raconté, au téléphone, le premier vicaire : les retrouvailles entre l'institutrice, le doyen et la gouvernante.

IV

Le dîner de Marfeuil

Darineau n'avait jamais vu Antonio, le cuisinier espagnol, dans un tel ravissement.

Le jeudi 13 juillet au matin, celui-ci s'était rendu à Montoussain pour y prendre livraison d'une CX grise qui venait en remplacement d'une guimbarde au bruit assourdissant.

Dans un emploi du temps surchargé, la gouvernante consacra une demi-heure à l'essai du véhicule. Elle monta à droite d'Antonio, s'enfonça dans le siège de cuir, posa son occiput sur l'appuie-tête, détailla les fonctions multiples du tableau de bord, dont l'affichage des kilomètres : « 5 134 ». Et en route !

De retour à Saint-Matthias, le cuisinier se déclara satisfait de son achat et Mlle Bénard de la première sortie. Convié à donner son avis, le doyen prit un air bougon, comme si Antonio avait commis un crime de lèse-majesté à son égard en adoptant lui aussi la CX. Au déjeuner, auquel manquait, comme souvent, Bourdalin, l'Espagnol déboucha deux bouteilles de champagne.

Quand le père Charpentier, le prédicateur, lui

réclama un discours, il prononça ces quelques mots :

— Monsieur le Doyen, mademoiselle, messieurs, chère Marie. Je lève mon verre à la santé de vous tous, en remerciant M. l'abbé Décoreur de m'avoir accueilli ici, à Saint-Silice, sans oublier, bien sûr, Mlle Bénard, la chère Mlle Bénard...

— Antonio, le téléphone ! interrompit quelqu'un.

L'une de ses connaissances appelait le cuisinier pour lui demander des nouvelles de son fabuleux achat.

En début d'après-midi, le même jour, Jean-Pierre Darineau traversa la place de l'église, prit l'avenue du Parc et se rendit à la librairie. Le moment était propice. Après seize heures, quand rouvre l'Établissement, il y a la queue au magasin et discuter de littérature ou de tout autre sujet tient de la performance. Mon visiteur me laissa servir un client, puis me raconta l'achat d'Antonio et les réactions qu'il avait provoquées. À son air un peu solennel, je compris qu'il attachait à l'épisode une importance extrême. Il observa un long silence avant de me livrer son analyse :

— Je sais bien que la CX est d'occasion, mais j'aurais tendance à croire qu'elle dépasse les capacités budgétaires d'Antonio, avec la ribambelle de gamins qu'il doit entretenir. D'autant que la voiture a tout juste cinq mille kilomètres au compteur. Comment expliquer sa soudaine opulence ? Je suis convaincu, cette fois, que Mlle Bénard lui a versé une forte somme, correspondant à un certain travail, le 7 juillet au matin. Elle en a les moyens...

— Monsieur l'abbé, rétorquai-je, vous vous égarez. Rappelez-vous le récit de mes visites à l'Établissement : le million promis par le meneur de jeu n'a pas été versé. Son comparse est reparti bredouille et, qui plus est, délesté de sa montre.

Ma remarque sembla désarçonner le diacre. Il me demanda :

— Excluez-vous que le personnage à la voix travestie ait donné le pactole en dehors de l'Établissement ? Ç'aurait été on ne peut plus facile, s'il s'agissait de la gouvernante !

— Quel aurait été son intérêt d'agir ainsi ? Par ailleurs, le tueur pressenti s'est décrit en situation d'exploitation. J'imagine mal Antonio tenir un tel discours devant Mlle Bénard. Ça ne peut pas être elle le commanditaire !

Au lieu de se dissiper, le mystère semblait s'épaissir.

Après la cure de l'après-midi, le 14 juillet, Darineau vit Mlle Bénard monter à bord de sa R 5 et prendre la direction du Capelet. Il n'était pas de promenade. Il décida d'aller explorer, tranquillement, Saint-Matthias. Le diacre ne disposait pas de la clé de la maison de cure. La seule solution consistait à faire le détour par le sous-marin, au risque de tomber sur Antonio.

C'est exactement ce qui se passa. En le voyant,

le cuisinier, qui commençait à préparer le dîner, arbora un air soupçonneux. Le diacre lui lança :

— Vous avez fait des jaloux, avec votre nouvelle voiture ! Félicitations pour le choix !

Antonio adressa un grand sourire au visiteur, le gratifia d'une amicale bourrade et le laissa filer son chemin.

Un petit bout de couloir, un demi-étage. Le bureau de la directrice béait. Darineau entra, poussa un peu la porte, inspecta la bibliothèque, à la recherche des livres qui avaient appartenu au défunt : tous les ouvrages portaient l'estampille de Mlle Bénard. Il rebroussa chemin, s'apprêtant à sortir. À droite de l'entrée, sur un guéridon, il remarqua un sac en plastique sur lequel était écrit au feutre vert : « D M-L ». Il examina les livres qu'il contenait, découvrit un Nouveau Testament, le troisième tome du *Théâtre* de Tchekhov, *Le Russe en cent leçons*, *L'Art de l'icône*, de Paul Evdokimov, et *Les Plus Beaux Poèmes d'amour*. Cette dernière plaquette, à couverture rouge, retint son attention. Il parcourut le choix de poèmes puis, tombant sur la page de garde, il y trouva une dédicace :

À Dominique,
ami de Dieu mais bourreau des cœurs,
affection contristée.

M.G.

Le livre provenait de toute évidence de Marie Gagnabie.

Darineau entendit un bruit dans l'escalier. Il jaillit hors du bureau, tira le loquet de la porte d'entrée, sortit par le petit perron, pour éviter de rencontrer à nouveau le cuisinier. Il traversa au pas de course la courette, obliqua à gauche, contourna la partie nord-ouest de Saint-Silice et finit par pousser en haletant la porte de la librairie. J'étais occupé et il dut patienter dix minutes avant que je puisse lui consacrer un peu de temps.

Il me rapporta sa découverte. Je m'enquis :

— Dominique ne vous avait pas parlé du petit livre rouge de Mlle Gagnabie ?

— Il n'est pas entré dans tous les détails à propos de l'institutrice. C'était quelqu'un de discret.

— Comment doit-on prendre la dédicace ?

— Allez savoir lequel des deux sentiments exprimés l'emporte : la déception ou l'espoir ?

— Avec un titre comme celui du livre, remarquai-je, je penche pour la seconde hypothèse.

— Moi aussi, confessa Darineau. Il faut la tenir à l'œil, l'institutrice !

En vertu de ce principe, le diacre surprit une scène très troublante, deux jours plus tard, dans le salon-salle à manger où l'institutrice établissait, l'après-midi, ses quartiers.

Marie Gagnabie, assise face au jardin, était en train de contempler une photo, sans s'apercevoir que Mlle Bénard regardait par-dessus son épaule.

— Qui est-ce ? demanda la duègne. Un amoureux ?

L'institutrice sursauta et, pour réponse, se contenta d'un geste évasif.

— Je ne connaissais pas vos liens affectifs avec Dominique Martin-Labreux, poursuivit la gouvernante.

Gagnabie tourna la tête vers l'intruse, arborant un visage cramoisi. D'une voix hésitante, elle s'enquit :

— Quels liens ?

— Je n'ai pas besoin de vous faire un dessin !

L'institutrice se mit à pleurnicher. Entre deux sanglots, elle exprima cette conviction :

— Ce n'est pas juste !

— Qu'est-ce qui n'est pas juste ?

— Moi, j'avais tellement envie de l'aimer...

— ...et lui ?

— Il avait le cœur déjà pris.

— Vous avez souffert ?

— Je me suis tue.

Cheftaine fixa sa compagne et lui demanda sans la moindre précaution oratoire :

— Vous n'avez jamais songé à vous venger ?

Gagnabie glissa de sa chaise, tomba à genoux et s'écria :

— Non, mademoiselle, pas ça, pas moi !

Après cette protestation, elle s'accrocha à la jupe de Mlle Bénard, esquissa une pathétique caresse et fondit en larmes. Cheftaine sembla d'abord encline à la douceur, mais elle se ravisa et, lui empoignant la chevelure, déclara :

— Vous mériteriez une bonne correction pour avoir tenté d'incendier le cœur d'un séminariste...

Le lundi soir 17 juillet, le doyen réunit le Club des mousquetaires à la ferme du Colvert, ce qui était exceptionnel l'été. L'abbé Leroy partit dîner chez des amis.

Cheftaine avait décidé de descendre à Montoussain passer la soirée et la nuit chez sa sœur. L'institutrice avait reçu la charge de veiller sur les convives du presbytère.

Elle n'en était pas à son premier intérim. Sa connaissance des lieux, des habitudes, son autorité naturelle lui permettaient de faire face à toutes les situations. Or, ce 17 juillet, le repas se transforma par sa faute en Bérézina. À peine le hors-d'œuvre entamé, elle s'adressa en effet au second vicaire d'une voix doucereuse :

— Alors comme ça, monsieur l'abbé a vendu ses Dragoon ?

Ducombet se figea. Gagnabie renchérit :

— Il y a des moments où mieux vaut se séparer de ses armes...

Le prêtre s'anima, s'agita et fut vite sur le point d'exploser. Le visage congestionné, le souffle court, il desserra son col romain d'une main tremblante.

— Qu'insinuez-vous ? demanda-t-il de sa voix de stentor.

— Oh ! rien de spécial...

— Mademoiselle l'intrigante, reprit-il en hurlant, sachez que vos remarques sont déplacées... à l'égard d'un homme qui a reçu la grâce de l'ordination !

Le vicaire tenta de se maîtriser, mais une phrase accusatrice jaillit de sa bouche :

— Vous qui avez privé un séminariste des secours de la religion !

L'institutrice devint écarlate à son tour. Elle éructa en jetant à terre sa serviette :

— Mais c'est que... je ne vous permets pas.

L'abbé se dressa, s'accrocha à la table et se mit à vociférer :

— Quand je pense que le moniteur a été mis en bière sans recevoir l'extrême-onction, sans la moindre prière... dans un presbytère où il n'y avait pas moins de trois prêtres !

— On n'a pas toujours la présence d'esprit nécessaire, se défendit sottement Gagnabie.

Ducombet allait reprendre la parole, plus serein, mais son interlocutrice ne se tint pas pour quitte.

— Attention à ce que vous allez dire ! J'aurais moi aussi des remarques à vous faire à propos de cette fameuse nuit. Par exemple, je pourrais vous demander où est passée une certaine serviette de toilette...

Le père Charpentier martela la table avec le poing :

— Suffit ! tonna-t-il. Cette atmosphère de suspicion est insupportable. Voilà ce qu'il advient quand on ne donne pas toutes ses chances à la vérité. Je crois que je vais m'ouvrir de la situation à Marcejac...

La menace de recours au vicaire général calma les belligérants. Une petite heure après la scène, quelqu'un sonna à notre porte. Louisette sursauta.

— Mon petit vieux, me glissa Darineau en s'engouffrant dans le hall, Gagnabie a perdu les pédales.

Il me narra l'orageux dîner. En guise de conclusion, il nota à propos de l'institutrice :

— Je ne m'explique pas sa conduite. Quelle mouche l'a piquée, ce soir, de s'en prendre ainsi au pauvre Ducombet ?

— Je pense qu'elle s'est sentie traquée. Dans un cas comme celui-là, la meilleure défense, c'est l'attaque.

Le diacre ne voulait pas s'attarder. Il regagna le presbytère par le plus court chemin. Il s'apprêtait à sortir sa clé quand, regardant de l'autre côté de l'avenue Jean-Moulin, il aperçut de la lumière dans les cuisines de Saint-Matthias. « Le chat parti, se dit-il, les souris dansent. »

Il rebroussa chemin, traversa l'avenue, la courette et se glissa dans le sous-marin. Le cuisinier apparut dans l'embrasure de la porte du débarras avec, à la main, un marteau et quelques pointes.

— Encore en train de travailler ! lui lança le visiteur, à peine rassuré.

Pour toute réponse, l'Espagnol esquissa un grand sourire. Il s'avança vers Darineau, posa son outil et ses pointes sur la table. Il saisit le diacre par le bras et l'emmena jusqu'au four électrique. Désignant la lanière où étaient accrochés les couteaux, il déclara en tendant l'index :

— Là, regardez !

Darineau avait beau fixer la lanière, rien ne lui semblait anormal.

— Vous n'avez pas remarqué ? insista Antonio.

— Il manque un couteau.

— Je l'ai retrouvé !

Le diacre eut envie de demander : « Le voleur l'a remis en place ? » Il s'en abstint et posa une question plus évasive :

— Comment se fait-il ?

Le cuisinier approcha, tendit la main, tira la lanière vers lui : le cuir s'était déchiré entre deux renflements, détaché de la pointe, et, mal retenu, l'un des couteaux avait glissé.

— Je l'ai récupéré en déplaçant le four électrique, précisa le maître des lieux. Ça n'a pas été facile !

Darineau resta bouche bée : soit on lui racontait des histoires, soit l'arme du crime ne provenait pas des cuisines de Saint-Matthias. Le visiteur fut tenté de quitter l'endroit au plus vite et de rentrer au presbytère pour y méditer sur la suite des événements. Mais il décida de profiter de ce qu'il avait pu s'introduire dans la maison de cure.

— Je monte au dortoir des petits, indiqua-t-il. Depuis qu'il y a ce tout jeune moniteur en remplacement de Mary Nicholson...

Il fit un geste évasif pour signifier qu'il avait des inquiétudes et partit.

Parvenu sur le palier face au bureau de la gouvernante, il remarqua un maigre rai de lumière par la porte entrebâillée. Il savait Mlle Bénard à Montoussain et crut que quelqu'un, de passage, avait oublié d'éteindre. Il s'approcha, glissa la main jusqu'à l'interrupteur. La porte pivota d'une vingtaine de degrés, sans grincer. Il perçut comme un cri plaintif. Il entra sur la pointe des pieds. Le bureau était dans la pénombre, à la différence de la mezzanine, éclairée. Le visiteur entendit quelques claquements, accompagnés de petits râles. En levant la tête, il vit se dessiner une silhouette féminine sur le tissu, derrière la rambarde de la mezzanine. Il n'y comprenait rien.

Fallait-il continuer l'exploration ou amorcer un mouvement de repli ? Quelqu'un d'autre décida pour lui. En effet, le gravier de la cour de Saint-Matthias crissa. Darineau capta un bruit de pas se rapprochant, puis celui d'un trousseau de clés. Quand il entendit qu'on ouvrait la porte d'entrée, il s'engouffra dans l'escalier, repartit vers les cuisines. Antonio avait sans doute terminé sa réparation : l'endroit était plongé dans l'obscurité.

Le diacre ne possédait pas la clé du sous-marin. Comment faire pour sortir de la nasse ? Il décida d'attendre que le bruit se soit dissipé pour actionner la tirette de la porte d'entrée principale, sur le petit perron. Quand Saint-Matthias lui sembla revenu au silence, il gravit à nouveau l'escalier d'un pas agile de danseur. Arrivé à deux marches du palier, il nota qu'il y avait toujours de la lumière dans le bureau.

Ce détail le fit redoubler de vigilance. Il s'apprêtait à franchir l'espace carré qui tient lieu de salle d'attente, à Saint-Matthias, quand reprirent les claquements. Il recula de deux pas. Un second bruit s'ajouta au premier : quelqu'un gravissait avec d'infinies précautions les marches de bois donnant accès à la mezzanine.

Soudain, il y eut un cri.

— Qu'est-ce qui vous prend ? demanda une voix.

C'était celle de la gouvernante.

Une autre voix répondit :

— Corrigez-moi, mademoiselle, je le mérite.

C'était l'institutrice, Mlle Gagnabie.

— Oui, mais un chasse-mouches n'y suffira pas !

Darineau profita de la dégringolade qui suivit pour ouvrir la porte d'entrée et s'enfuir. Devant le presbytère, il repéra la R 5 de Mlle Bénard. Il eut le temps d'escalader deux étages. Quelqu'un engageait sa clé dans la serrure de la porte d'entrée. Il était sûr qu'il s'agissait de la gouvernante.

À l'ouverture de la librairie, le lendemain, je fus surpris par l'irruption de Darineau. Il n'avait pas l'habitude de me rendre visite de si bon matin.

— Qu'est-ce qui se passe ? lui demandai-je.

Il me raconta les deux scènes de la veille, la première avec le cuisinier, la deuxième dans la chambrette de Mlle Bénard. Il se focalisa sur ce vif échange entre la gouvernante et l'institutrice. Je commençai par lui poser des questions sur les faits.

— Qu'est-ce que vous comprenez de cet épisode incroyable ?

— La directrice a demandé à Mlle Gagnabie d'assurer une présence à Saint-Matthias. Elle lui a laissé sa chambre.

— Ne devait-elle pas, elle-même, passer la nuit chez sa sœur, à Montoussain ?

— Exact. Mais, culpabilisée sans doute d'avoir abandonné son poste en une conjoncture aussi délicate, la duègne est revenue sur sa décision et, après le dîner, elle a repris la route pour Saint-Silice.

— À son arrivée, elle a garé sa voiture et filé vers Saint-Matthias afin d'observer si tout se passait bien.

— Elle a constaté que Marie Gagnabie avait pris possession de la mezzanine. Ce qui était dans l'ordre des choses.

— Oui, monsieur Hoskyns, mais elle poussait de petits râles...

— ... qu'accompagnaient des claquements...

— Un bruit de fouet !

Darineau réfléchit et ajouta :

— L'institutrice se frappait avec un chasse-mouches trouvé dans le bureau et dont se sert parfois la directrice pour corriger l'un de ses curistes.

— Et de quel péché se punissait-elle ?

— De concupiscence, me semble-t-il... À moins que ce ne soit d'homicide.

— La concupiscence, dis-je, conduit parfois à l'homicide.

Nous restâmes silencieux une poignée de secondes.

— Cette Gagnabie, conclut mon hôte, il faudrait enquêter sur son passé. Elle doit avoir un blocage quelque part...

Le midi, au déjeuner, j'évoquai le personnage de l'institutrice devant Louisette, en laissant sans doute filtrer mes soupçons.

— Tu la connais beaucoup mieux que moi ! remarquai-je.

— Je peux, en tout cas, me renseigner.

L'après-midi, ma femme déploya une activité débordante, téléphona à plusieurs de ses amies, à Saint-Silice, dans les environs et, surtout, à Montoussain, où nous avions naguère entraperçu Marie Gagnabie à ses débuts comme institutrice. La moisson fut abondante. Au dîner, nous nous efforçâmes de mettre de l'ordre dans les informations. Un portrait se dessinait, partiel et partial, bien sûr.

Toujours est-il que, le lendemain, j'étais en mesure de répondre aux interrogations du diacre sur le principal suspect.

Marie Gagnabie était issue d'une famille modeste : père chauffeur de taxi, mère couturière. Fille unique, elle connut une enfance sans problème, malgré les absences paternelles. Mais, à quinze ans, elle perdit sa mère à la suite d'une leucémie foudroyante. Après un temps de désespoir, le veuf se mit en ménage avec une sorte de dragon, au demeurant splendide. La nouvelle compagne prit en grippe la jeune fille, la traita comme une domestique, rogna sur son argent de poche, ses sorties, régenta ses tenues vestimentaires.

L'adolescente finit par s'ouvrir de la situation à son père. Il trouva les récriminations « exagérées ». Il faut dire que, lorsqu'il revenait à la maison, Éros lui démangeait au point de lui oblitérer l'esprit. Les activités paroissiales devinrent le seul oxygène de l'infortunée Marie. Un jeune abbé la persuada qu'elle était faite pour la vie religieuse.

Le bac en poche, avec la bénédiction de son géniteur, elle quitta l'enfer familial pour les limbes du couvent. Elle découvrit, mêlée aux élans mystiques, la douceur des amitiés féminines et se lia à l'une de ses compagnes.

L'élue était rieuse, blonde, potelée, elle avait l'art des mimiques. Au monastère, cela lui permettait de contourner le silence de rigueur. Un jour, arrivant en retard à l'ouvroir, Marie Gagnabie surprit la jeune religieuse en train de minauder avec sa voisine en toute innocence. L'échange d'œillades, les gloussements partagés excitèrent sa jalousie. Son sang ne fit qu'un tour. Elle se dirigea vers les deux friponnes, les bouscula, mit à mal leur ouvrage.

La mère maîtresse des novices rôdait. Elle fut témoin de la scène, convoqua Marie Gagnabie, lui assena une leçon de vie religieuse, fondée, expliqua-t-elle, sur la communion spirituelle entre sœurs, grâce à la mise en présence de Dieu. Au lieu de se soumettre humblement, la fautive entreprit de se justifier en stipulant qu'elle avait voulu défendre la Sainte Règle. L'affaire devint du ressort de la mère supérieure. Préférant amputer le membre malade plutôt que laisser la gangrène du libre examen envahir le corps tout entier, celle-ci expulsa Gagnabie du monastère. La proscrite se lança dans de vagues études universitaires, explora avec fièvre l'univers masculin, avant de se barricader, pour une longue période, dans une chasteté réactionnelle. Elle rencontra Mlle Bénard, cheftaine de louveteaux à la cathédrale de Montoussain, l'émut ou lui plut. La gouvernante la présenta au premier vicaire d'alors, l'abbé Décoreur, qui la fit embaucher comme institutrice dans l'école paroissiale.

Darineau me félicita du résultat de « mon » enquête et s'exerça à l'art difficile de la synthèse :

— Marie Gagnabie est donc d'un tempérament jaloux, avec une certaine propension à la brutalité. De plus, elle est capable de justifier des réactions impulsives à coups d'arguments d'ordre spirituel. Enfin, elle semble affectée d'un fort sentiment de culpabilité.

— Je me suis fait les mêmes réflexions que vous, Jean-Pierre : par son attitude, l'institutrice incline au soupçon. Il faut toutefois se garder d'une conclusion hâtive, car la mort d'un proche est souvent suivie d'une prise de conscience douloureuse dans son entourage : on se dit qu'on s'est mal conduit à son égard, ou bien qu'on est passé à côté de sa personne...

Le lendemain de la réunion extraordinaire du Club des mousquetaires, le doyen avait retrouvé sa place au centre de la grande table du salon, face au jardin du presbytère. Le premier vicaire arriva, comme de bien entendu, en retard au dîner. Par le plus étonnant des hasards, son supérieur ne prit pas l'air fâché. Haletant, veste au vent, lunettes menacées de dégringolade, le premier vicaire salua l'assemblée et son supérieur, jeta un regard discret vers le poste de télévision, se délesta de sa veste, s'assit à sa place, défit sa serviette et indiqua qu'il ne voulait ni potage ni entrée, qu'il prendrait le repas là où il en était.

Après lui avoir laissé le temps de se servir, le doyen le regarda droit dans les yeux et le gratifia du plus aimable des sourires.

— Monsieur l'abbé, dit-il d'un ton patelin, il y a, comme vous, une population qui me soucie : les jeunes. Je ne parle pas de *nos* jeunes, trop occupés à gagner trois francs six sous au cours de leur été, mais des jeunes curistes et touristes présents à Saint-Silice. Nous les avons négligés dans notre dispositif pastoral ; aucune des activités que nous proposons ne leur est adaptée.

Pour une fois, l'abbé Leroy multipliait les signes de tête approbateurs. Le doyen poursuivit :

— Il faudrait organiser pour eux quelque chose de spécifique qui les mobilise. J'ai pensé à un grand rassemblement, avec des chants, des « témoignages », comme vous dites, et des « partages d'Évangile ». Et de la joie. Notre Dieu n'est pas un Dieu triste. C'est le Dieu de Pâques, de l'explosion de la vie, le Dieu printanier.

Décoreur n'avait pas l'habitude de formuler de telles professions de foi. Ignorant sa fatigue, l'abbé Leroy reprit aussitôt la balle au bond :

— C'est un projet intéressant... On pourrait lancer un appel à la messe du soir, confectionner des affiches... constituer de petits groupes de préparation, désigner des animateurs... Sur la prairie, autour de la ferme du Colvert, il y a de la place... Ce serait bien qu'on prévoie une partie détente, connaissance de l'autre, puis un feu d'artifice final... sous forme de célébration géante avec orchestre.

Le doyen répéta, les yeux mi-clos :

— Un feu d'artifice final, sous forme de célébration géante avec orchestre.

À dire vrai, l'idée d'un rassemblement de la jeunesse n'émanait pas de lui, elle lui avait été soufflée, comme je l'appris de mon ami le propriétaire de la ferme du Colvert, par ses collègues mousquetaires. Chacun avait en effet pu constater qu'une vigoureuse campagne de dénigrement se déployait contre la paroisse, sans doute initiée par le « camp des laïcs ». Louisette avait entendu, dans certaines échoppes, une rumeur selon laquelle une mort louche, d'un garçon dans la fleur de l'âge, était advenue au presbytère. Au lieu d'élucider les circonstances du drame, l'abbé Décoreur, ajoutaient les mauvaises langues, l'avait recouverte d'un drap de catafalque, preuve que l'Église faisait mauvais ménage avec la Vérité, surtout quand cette Vérité la remettait en cause. La célébration géante, pour laquelle le doyen escomptait un millier de jeunes, avait essentiellement pour objectif de lutter contre toute cette boue. Et, pour l'organiser, le doyen avait un besoin impérieux de son premier vicaire.

Depuis la mort de Dominique Martin-Labreux, M. Bourdalin avait abdiqué sa flamboyance. Il mangeait peu et parlait moins encore, comme retiré de ce monde-ci.

On sut cependant très vite, au presbytère, qu'il

travaillait à sa thèse sur Julien d'Éclane avec une sorte d'acharnement. En attestait, en effet, le cliquetis d'une poussive machine à écrire, qui emplissait la cage d'escalier, parfois depuis l'aube jusqu'à une heure avancée de la nuit.

Le doyen demanda à Mlle Bénard de « faire quelque chose », car il ne se sentait pas le cœur, lui-même, d'affronter le professeur. La gouvernante voua son supérieur aux boules Quiès, mais le remède se révéla pire que le mal.

Le calvaire se prolongerait jusqu'à la fin du mois. Ayant alors achevé son cycle de conférences, Bourdalin quitterait Saint-Silice sans doute pour Bandégave, à moins qu'il choisisse de s'installer dans la capitale, où il possédait un studio, à proximité de la bibliothèque des RP assomptionnistes.

J'avais conservé un souvenir très vif du contact avec Françoise Plantain, à la sortie du cimetière de Bandégave, et j'avais cru discerner chez elle une invitation à établir des liens.

Je m'assurai auprès de Darineau qu'un coup de téléphone de ma part ne paraîtrait pas inconvenant. « Pourquoi voudriez-vous qu'elle en prenne ombrage ? me répondit-il. Pour Françoise, quiconque s'intéresse à Dominique est le bienvenu. »

Fort de cet encouragement, je décidai de mettre à exécution mon projet. Nous échangeâmes nos impressions, Françoise et moi, sur la personnalité du défunt : ses habitudes, ses réactions, ses goûts. Puis j'orientai la conversation vers son évolution spirituelle. La jeune fille répondit de bonne grâce à mes questions.

Les derniers mois, me confia-t-elle, l'attrait de Dominique pour l'Orient s'était aiguisé. Il lisait les grands théologiens orthodoxes modernes — Boulgakov, Lossky, Evdokimov —, se passionnait pour l'art de l'icône, il s'était mis à apprendre le russe. Je demandai à ma correspondante si, selon elle, il envisageait de changer d'Église.

Elle me rapporta une conversation avec l'ami disparu, dont elle avait eu l'initiative :

« Tu n'as jamais pensé te faire moine orthodoxe ?

— Ni moine ni orthodoxe !

— Tu m'étonnes...

— J'aime trop les femmes.

— *Les* femmes. Tu es sûr du pluriel ? »

Après un silence, Dominique ajouta :

« Je suis né catholique. On ne change pas comme ça de racines.

— Mais leur liturgie te parle au cœur, ça se voit.

— La leur, la nôtre, au fond, c'est du pareil au même. Juste une question de style !

— Alors, pourquoi vas-tu si volontiers au Champ-aux-Bécasses ?

— Pour que le rituel ne se transforme pas en ritualisme. L'habitude est "une vieille femme aux mains noires", écrivait un poète au siècle dernier. Je veux conserver une certaine jeunesse du sentir... »

Quand Françoise en eut terminé, une question me brûla les lèvres. J'hésitai d'abord à la poser, de peur d'être taxé d'indiscrétion. Mais la curiosité l'emporta :

— « J'aime trop les femmes. » Comment avez-vous interprété cette phrase de Dominique ?

Elle émit quelque chose qui pouvait ressembler à un rire, avant d'expliquer :

— Comment vouliez-vous que je l'interprète ? Entre nous, Jean-Pierre Darineau a dû vous le dire, les choses étaient claires, transparentes.

— Justement. Étant donné les sentiments très forts que vous vous portiez, acceptait-il ce célibat à perpétuité que l'Église orthodoxe n'impose pas, elle, à ses prêtres ?

— Il y avait problème, en effet.

— Était-il devenu plus aigu, ces derniers temps ?

— Je crois bien ; c'est ce que suggéraient ses lettres.

— Merci beaucoup, Françoise, et pardon d'avoir abordé ces questions intimes.

— Ne me remerciez pas. Maintenant, je ne crains plus de parler à visage découvert, bien au contraire. Vous me rappellerez ?

— Oui, je vous le promets.

Mlle Bénard ne m'a pas rendu visite depuis le décès. L'accumulation des tâches et des soucis ne suffit pas à l'expliquer : elle me fuit. Ou, plus exactement, elle préfère passer par Louisette, à qui elle téléphone, fixe des rendez-vous pour un café, après la cure du matin.

La conversation aboutit presque toujours au

même point : quelle lubie, demande la duègne, a pris à Peter de se rendre à l'Établissement pendant une semaine, puis de laisser tomber ? En fait, elle suspecte depuis longtemps que ma démarche n'avait rien à voir avec de quelconques problèmes respiratoires. Et elle voudrait, par épouse interposée, me soutirer des informations. Pas de chance, car Louisette est d'une discrétion de tombeau !

Jamais la gouvernante n'évoqua devant elle ma présence aux obsèques.

Mlle Gagnabie n'aime guère, paraît-il, cette ruelle sombre, près du chevet de l'église, où la gendarmerie expose sa pisseuse façade. Si on interrogeait l'institutrice, elle aurait du mal à préciser ce qu'elle déteste le plus, de la rue ou de la gendarmerie. La première fait coupe-gorge ; il y règne un vent à décorner les bœufs. Et, dans son austérité républicaine, la seconde semble narguer l'opulence du presbytère.

Il était à peine midi, ce jour-là. Gagnabie dut emprunter la maudite ruelle. Louisette se trouvait à la gendarmerie pour le renouvellement de sa carte d'identité. Elle la vit passer par la fenêtre entrouverte. Le brigadier de faction lui demanda :

— Mais c'est l'institutrice du curé ?

— Oui, Mlle Gagnabie, confirma ma femme.

Il partit d'un grand éclat de rire, sortit du bâtiment, héla celle qui filait son chemin à grands pas.

L'institutrice pénétra dans la gendarmerie. Le brigadier l'installa dans une minuscule pièce, séparée par un couloir du petit cagibi où Louisette était installée. Il appela l'un de ses collègues pour s'occuper de la question de la carte d'identité. Au moment de quitter les lieux, ma femme capta un bout de conversation. Elle me le rapporta aussitôt de retour à la maison :

« Il paraît, disait le brigadier de faction, que vous avez eu un malheur au presbytère... Un jeune gars a été emporté... Un infarctus, à ce qu'on m'a raconté... Mais une autre version circule, plus ennuyeuse pour vous.

— Pour moi ? s'enquit Mlle Gagnabie.

— Pour vous, le doyen et son équipe.

— Laquelle, je vous prie ?

— Une mort... provoquée.

— Des ragots à base d'anticléricalisme primaire !

— Ces ragots, mademoiselle, émanent de personnalités haut placées dans la paroisse.

— Qui ça ? Je suis sûre qu'il s'agit de l'abbé Ducombet, le vicaire Grain-de-folie. »

Le gendarme laissa la question sans réponse et ajouta :

« Je vous parle à titre... amical, mais méfiez-vous, oui, méfiez-vous du lieutenant. Il ne vous est guère favorable. »

Le jeudi 20 juillet, après la cure, les moniteurs prenaient leur petit déjeuner dans le sous-marin.

L'abbé Garcin sirotait un bol de café, sans vouloir, semblait-il, l'accompagner d'aucune nourriture solide.

— Tu deviens ascète ! nota Darineau.

— Oh ! si peu ! Je suis lassé de cette vie de jouissances !

— Tu ne crois pas que tu exagères ? Que je sache, ni à Saint-Matthias, ni au séminaire, tu ne passes pour un épicurien.

— Jean-Pierre, il n'y a de salut possible que dans le sacrifice.

— Ça dépend de ce qu'on met derrière !

— C'est un processus de dépouillement : il commence par de toutes petites choses, la privation de biens matériels, et il peut aller jusqu'à l'offrande de sa vie, jusqu'à verser son sang.

— Nous ne sommes plus au temps des persécutions !

— C'est pour cela que s'est développée la vie monastique. Le moine témoigne de la radicalité chrétienne, comme autrefois le martyr.

— Tu voudrais te faire moine, toi ?

— Je ne le voudrais pas. Je le veux.

— Comment ? Tu plaisantes.

— Je suis sérieux. Tu connais la trappe de Notre-Dame-de-la-Rédemption, à une cinquantaine de kilomètres de Bandégave ? J'ai l'intention d'y commencer mon noviciat.

— Quand ? Pas tout de suite ?

— Dès que ce sera possible, que je serai libéré.

— Ça t'a pris tout d'un coup ?

— Il y a longtemps que je méditais ce projet. Mais aujourd'hui, je sens le besoin de rachat.

— Que veux-tu dire par là ?

— L'histoire des hommes et celle des sociétés passent par des phases d'... affaissement. Si l'on ne réagit pas tout de suite, on entre dans une logique de dégradation. C'est un processus analogue à celui de l'entropie, dans l'univers matériel. Or, nous sommes en période d'affaissement. Y compris ici, à Saint-Silice.

— Écoute, Garcin, je te trouve bien mystérieux, depuis quelque temps, et davantage encore ce matin. Mais je respecte ton choix. Oui, je le respecte. Même si je pense que nous avons moins besoin de rachat que d'amour.

Mlle Bénard débarqua dans les cuisines. Elle y décela sans doute une atmosphère d'étrangeté, car elle demanda si tout allait bien. Darineau résuma la situation :

— Edmond Garcin nous quitte. Il vient de nous confier son projet de devenir trappiste.

— Il en est d'autres, commenta-t-elle mystérieuse, qui feraient bien de recourir à de telles expiations.

Le diacre me rapporta sa conversation avec « le mystique ». En guise de conclusion, il me confia :

— Peut-être sommes-nous en train de faire fausse route dans notre enquête.

Le lendemain, au petit déjeuner, Darineau et Garcin s'écharpèrent à propos de la guerre civile espagnole. Le premier qualifia de « honteux » le message envoyé par Pie XII au général Franco après sa victoire. Le second trouva des vertus éminentes au *Caudillo.*

À ce moment précis, Antonio surgit et s'immisça dans leur conversation, comme si le sujet, avec la cuisine, relevait de sa compétence. Il se lança dans un long dithyrambe à la gloire du Généralissime qui avait sauvé la Patrie et l'Église et délivré — pour combien de temps ? — le pays des communistes, anarchistes et autres républicains pervers. Emporté par son élan, il confia sa fierté d'avoir « mis la main à la pâte » et participé à l'entreprise d'assainissement national, du côté des Phalangistes.

— Parlez plutôt de boucherie, rectifia Darineau.

— Ne diabolise pas Franco et les siens, intervint Garcin. Au risque de passer sous silence le fait que l'autre camp a massacré un nombre considérable de prêtres.

Le lendemain, Darineau me raconta la dispute.

— Cet élément de la biographie d'Antonio, nota-t-il, semblerait prouver que le tueur pressenti de l'Établissement, c'était lui. Pour une besogne délicate, il est logique de s'adresser à un spécialiste.

— En admettant cette hypothèse, reste à identifier celui ou celle pour qui il aurait accepté de travailler.

— Même si Garcin a de quoi intriguer, un certain nombre de détails troublants nous font pencher du côté de Mlle Gagnabie. Il n'y a qu'un problème : elle porte des lunettes.

— Vous croyez qu'elle en a réellement besoin ? demandai-je. Je la suspecte de s'en servir surtout pour dissimuler son regard et se livrer à un travail d'espion.

— À l'Établissement, vous n'avez pas reconnu certaines intonations caractéristiques de l'institutrice ?

— Non. Mais vous avez vous-même émis l'hypothèse d'une voix travestie.

Un client se présenta. Le diacre amorça un mouvement de retrait. Quand j'en eus terminé, il me posa une question d'apparence incongrue :

— Étiez-vous à la kermesse paroissiale, il y a un peu plus d'un mois ?

— Louisette y a fait un tour. Mais comment vouliez-vous que j'abandonne la librairie ?

— Il y avait un numéro de guignol, dans un théâtre de marionnettes dressé pour la circonstance. La pièce comportait plusieurs personnages : des hommes, des femmes, des jeunes, des vieux, des petits, des gros... Savez-vous qui prêtait sa voix à tout ce beau monde ?

— Mlle Gagnabie ?

— Exact ! Elle a remporté un extraordinaire succès. Le soir, elle a dû s'expliquer devant les convives du presbytère : « Tous ces personnages, c'était vous ? Pas possible ! Faites-nous une démonstration. » L'institutrice s'est exécutée de bonne grâce. Derrière ses lunettes noires, on sentait pétiller son regard.

— Jean-Pierre, il faut que nous arrivions à la coincer.

Le vendredi 28 juillet, l'abbé Leroy passa me dire que le chanoine Marcejac avait téléphoné au doyen pour lui demander de se rendre à l'évêché dès le lendemain.

Une convocation si précipitée, un samedi, de la part d'un chanoine si rond, si nuancé, annonçait sans doute de nouveaux développements. Décoreur resta muet au dîner. Personne ne parvint à le dérider. Mlle Bénard remarqua, pour le déplorer, qu'il n'avait guère touché aux mets d'Antonio ; avant le dessert, il s'était retiré sur la pointe des pieds, l'index droit sous la veste, appuyé contre la naissance du sein gauche. Elle le vit avec déplaisir emprunter l'escalier et gagner sa chambre, attendit quelques minutes puis le rejoignit. D'après Mlle Gagnabie, qui était venue aux nouvelles, le prêtre avait pris place dans un fauteuil Louis-Philippe, près de la table de marbre qui lui servait de bureau, le soir. Il était apparu recroquevillé, ses deux mains étayant un front douloureux. La gouvernante avait demandé :

— Vous ne semblez pas dans votre assiette. Qu'est-ce qui ne va pas ?

D'une voix à peine audible, il l'avait informée de la convocation du chanoine Marcejac.

Cheftaine ne voulut pas que Décoreur prenne le volant de sa CX pour se rendre à Montoussain. Elle confia la marche de Saint-Matthias à Darineau et conduisit le prêtre jusqu'au lieu de son calvaire présumé. Arrivés à l'évêché, ils se donnèrent rendez-vous une heure plus tard.

La gouvernante passa dire bonjour à sa sœur.

Au retour, le soir, le doyen parut particulièrement préoccupé, comme si la foudre s'était abattue sur lui.

Le diacre et moi étions anxieux de savoir sur quoi avait porté la conversation avec le chanoine Marcejac. Ni l'un ni l'autre n'avions de contacts à l'évêché. Et, à supposer que nous en ayons eu, ceux-ci auraient sans doute refusé de nous révéler quoi que ce fût, pour autant qu'ils eussent été au courant de la rencontre.

Deux éléments me revinrent en mémoire : le fait que le père Charpentier avait menacé d'informer le vicaire général, un ami d'enfance, de la situation au presbytère ; et l'invitation à rencontrer le prédicateur formulée à mon endroit par l'abbé Leroy.

Il fallait absolument en finir, d'autant que Louisette sentait monter, un peu partout dans la station, les rumeurs nauséabondes. Le 31 juillet, surmontant mes préventions, je me rendis, en fin de matinée, à la permanence du père Charpentier, dans la sacristie de l'église. Nous étions dans une période intermédiaire entre deux cures. Le prédicateur était plongé dans la lecture. Il ne s'agissait pas de son bréviaire mais, selon toutes les apparences, d'un roman policier.

Il m'accueillit avec joie. J'allais presque dire : avec soulagement, car je le tirais de la solitude. Je lui serrai la main, lui rappelai mon nom, au cas où il l'aurait oublié.

M'approchant une chaise, il me déclara tout de go :

— Je vous attendais.

— Vous m'attendiez ?

— Écoutez, soyons francs ! Je sais que vous faites quelque chose comme une enquête. Nous en espérons beaucoup.

Qui désignait ce « nous » ?

En mon for intérieur, je stigmatisai la passivité du clergé qui le faisait attendre d'un laïc l'antidote à ses lâchetés et la solution à ses interrogations et à ses doutes. Mais, pressentant que le père Charpentier avait joué et jouerait un rôle important dans la manifestation de la vérité, je me gardai de l'informer de mes états d'âme.

— Puisque la franchise est de règle entre nous, avançai-je, je sais que le doyen a été convoqué, samedi, par le chanoine Marcejac. J'imagine que vous n'êtes pas pour rien dans l'affaire.

Le prédicateur émit un signe de feinte humilité.

— J'imagine aussi, poursuivis-je, que vous avez eu des échos de cette visite... ?

Mon vis-à-vis prit un air de gravité, puis se décontracta. Il me regarda et comprit sans doute que je ne lâcherais pas prise de sitôt.

— J'ai eu, avoua-t-il, un long entretien avec l'ami Marcejac, après le rendez-vous que vous avez mentionné.

Il accepta — non sans réticence et parce que c'était « pour la bonne cause » — de me raconter ce qu'il avait appris du vicaire général. Il mit beaucoup de couleur et de précision dans son récit.

Le chanoine Marcejac accueillit le doyen des Volcans avec une lueur de sévérité inhabituelle dans le regard. Après les politesses d'usage qui parurent sans doute interminables à son interlocuteur, il effleura le sujet qui motivait la convocation :

— Vous ne devineriez pas ce qu'on raconte à propos de Saint-Silice... Ce qu'on raconte et qui m'a conduit à provoquer cet entretien... amical.

En effet, monsieur Décoreur, j'ai toujours eu de l'affection pour vous, qui fûtes mon élève au grand séminaire — j'étais bien jeune ! De l'affection et de la considération pour votre zèle pastoral, pour ce côté entreprenant, voire entrepreneur, qui vous fait multiplier les activités apostoliques, les adaptant à chaque catégorie de fidèles.

L'abbé Décoreur était heureusement surpris par cette entrée en matière. Son air béat frappa le vicaire général qui enchaîna :

— Vous possédez un sens inné du corps du Christ qu'est l'Église, de sa visibilité, de son insertion dans l'histoire des hommes. Si l'on devait vous adresser un reproche, et je vous l'adresse, ce serait de ne pas faire assez de place à l'Esprit. Pourtant, sa puissance invisible soulève le monde, bouscule tout sur son passage, même nos calculs les plus légitimes, et met souvent à mal les institutions, à commencer par celle dont vous et moi sommes les ministres.

Complètement rasséréné, le doyen fit un signe de tête approbateur :

— Église corps du Christ et temple de l'Esprit, poursuivit Marcejac. Il ne faut oublier aucun des deux aspects. Car, quand la communauté des croyants ne fait pas suffisamment corps, c'est pour devenir le royaume de l'éthéré, du flou, de l'anarchique. Et quand elle ne se plie pas au vent de l'Esprit, elle se rigidifie, sombre dans un conservatisme insupportable. Le malheur vient de ce qu'on condamne les Joachim de Flore, rarement les Torquemada. On préfère la coercition à la liberté, la lettre à l'esprit, la structure à l'intériorité.

L'abbé Décoreur se fit plus sombre et sembla abasourdi par cette leçon de théologie qui le ramenait des décennies en arrière. Il ne put s'empêcher de demander :

— Mais, monsieur le chanoine, où voulez-vous en venir ?

— Comme je vous l'ai rapporté, expliqua celui-ci, des rumeurs circulent à Saint-Silice et au-delà, et leur tourbillon est parvenu jusqu'à moi. Au début, je l'avoue, j'ai cru qu'elles appartenaient à ce capital de calomnies inhérent à l'espèce, tant il est vrai que, s'il supporte les vices de son semblable, l'homme s'accommode mal de ses vertus. À mesure que ces rumeurs enflaient et se propageaient, j'ai dû reconsidérer les choses, soucieux de votre réputation et de celle du diocèse, même si elles fournissent un bien indigent baromètre du travail invisible de Dieu au cœur de l'homme. Mes sources sont formelles...

Le doyen des Volcans blêmit. Son interlocuteur reprit, d'une voix toujours aussi calme :

— ... et ce qu'on rapporte peut se résumer ainsi : un assassin a réussi à s'infiltrer à l'intérieur du presbytère de Saint-Silice. Il a frappé un jeune garçon, séminariste me dit-on, et vous auriez fermé les yeux sur l'acte ignoble. Confirmez-vous ou infirmez-vous cette version ?

L'abbé Décoreur inspira profondément et, décomposé, prononça trois phrases laconiques :

— C'était la nuit. J'étais malade, sous médicaments. On en a profité.

— Je peux comprendre la maladie, reprit le vicaire général. Et l'effet pervers des médicaments, ces mauvais maîtres de l'homme moderne. Mais laisser passer un crime... Quel qu'en soit le mobile, il s'agit d'un acte gravissime — aucun théologien, aucun penseur ne me démentira — qui viole la loi de Dieu, de l'Église et de la société. Si vous aviez été abusé la nuit, vous deviez vous ressaisir par la suite, écouter les témoins, donner l'alerte, appeler les gendarmes, tout mettre en œuvre pour qu'éclate la vérité.

— Mais, protesta l'abbé Décoreur, le médecin légiste a examiné le défunt. Il a conclu à un infarctus, délivré un certificat de décès.

— Est-ce vraiment lui qui a conclu à l'infarctus ?

— C'est ce qu'on m'a dit. Je ne suis pas de la partie, moi !

— À ce que je sais, très vite, des doutes ont été émis dans votre entourage.

— Oui, par l'abbé Ducombet. Mais vous le connaissez...

— Je crois aussi que quelqu'un vous a demandé d'ouvrir une enquête.

Allusion transparente à la démarche du père Charpentier !

— Ça m'a semblé trop tardif, répondit le doyen des Volcans. Et puis, mettez-vous à ma place : remuer toute cette boue... Un moment, j'y ai pensé. Mais je me suis fait la remarque que ça desservirait la paroisse. Le mot « desservir » est sans doute trop faible.

Le vicaire général reprit, cette fois agacé :

— Mais enfin, il est stipulé dans le Décalogue : « Tu ne tueras point ! » Et le Christ, que je sache, n'a pas aboli ce précepte. À l'un de ses compagnons qui veut le défendre lors de son arrestation, il ordonne : « Remets le glaive, car tous ceux qui prennent le glaive périront par le glaive. » Vous entendez : même pour la bonne cause, même pour sauver le Fils de l'homme, il est interdit de tuer. Ce qui a perverti le christianisme, c'est d'avoir pactisé avec la violence.

Loin de provoquer le sursaut escompté chez l'abbé Décoreur, la démonstration du chanoine parut renforcer son scepticisme. Le doyen des Volcans émit ces bien curieuses paroles :

— Dieu, on ne Le connaît pas... Le Christ, son visage s'est bien obscurci, avec tous ces coups de rabot donnés par les théologiens et les exégètes... Et même moi qui ai accompagné plusieurs pèlerinages en Terre sainte, croyant y retrouver des traces irréfragables... Mais l'Église, monsieur le chanoine, c'est du sûr, du tangible... Vous-même, naguère, au séminaire, parliez de « société parfaite »... L'homme est un animal politique. L'environnement social le modèle, parfois le détermine. Aussi faut-il qu'il baigne dans un milieu sain, soit pris dans de bons réseaux, de bonnes mailles — les meilleures sont les plus serrées... L'Église fournit cet environnement idéal...

Jusque-là marmoréen, le visage du vicaire général s'anima : ses joues se colorèrent et son regard se mit à pétiller, comme si le feu montait de l'intérieur, gagnait la périphérie, pour se communiquer au responsable du doyenné des Volcans, tellement enfoncé dans sa nuit. Marcejac fit silence, jaugea son visiteur et tenta de le ramener dans le droit chemin :

— L'Église, mon ami, c'est plus complexe que vous ne le dites. Il y a l'Église céleste, qui est parvenue au bout de la route, et il y a celle d'ici-bas : l'Église en marche, pérégrinante, « militante », selon l'expression d'autrefois que je n'aime guère, car on glisse facilement du militant au militaire. Tant qu'elle n'a pas atteint son terme, tant qu'elle n'a pas fusionné avec la société des bienheureux, elle reste enchevêtrée, mélangée — je n'invente rien, je cite saint Augustin : à la fois juste et pécheresse, sainte et à purifier, à réformer. En elle, certains ne veulent voir que le péché, les éclaboussures. D'autres ne prennent en considération que la justice et la sainteté... Je crains que vous n'apparteniez à la seconde catégorie. Or, cette vision idyllique de l'Église donne lieu à tous les abus d'autorité, à tous les révisionnismes. Passé à la trappe, ce que le pouvoir y a d'ambigu, de pervers, ni plus ni moins que dans les autres sociétés ! Réécrits, le passé et le présent, pour qu'ils cadrent avec l'image idéalisée.

La chanoine observa une pause et jeta un œil sur l'abbé Décoreur. Il croyait retrouver le séminariste de naguère, qui semblait écouter avec attention, mais dont on ne savait jamais, à sa mine piteuse, s'il se laissait pénétrer par les choses.

— L'Église forme un mélange détonant, mon père. Il faut distinguer en elle le divin et l'humain, la Personne sans tache, l'épouse immaculée, et le personnel qui a parfois les pieds dans la fange et les mains dans le sang. Il faut distinguer le squelette, solidement bâti, et la chair, plus fragile, parce que exposée aux agressions de toutes sortes. La Personne de l'Église, voyez-vous, je la respecte et la vénère ; son personnel, je m'en méfie, même et surtout quand il arbore des airs angéliques. Et j'essaie de me préserver du catharisme de l'institution, cette idolâtrie subtile. Nous ne sommes pas automatiquement purs par le fait d'appartenir à l'Église ; mais nous avons toujours à nous purifier... Je vous laisse le soin de vous appliquer cette maxime...

Après avoir marqué une nouvelle pause, le chanoine Marcejac en vint à des considérations plus concrètes :

— Comment mettre fin à la situation que je vous ai décrite ?

Le curé de Saint-Silice formula la réponse que son supérieur attendait, mais n'osait sans doute plus trop espérer :

— Établir la vérité sur l'assassin. Je m'y emploie.

— Il aurait mieux valu laisser ce rôle à la police et à la justice.

— Oui, je le sais, j'ai eu tort. On m'a manipulé. Mais je vais refermer la parenthèse, démasquer le coupable.

— J'y compte bien. Car le scandale de la vérité est moins grave que celui de la dissimulation et du mensonge. Dans quel délai pensez-vous éclaircir les choses ?

Décoreur hésita. Formula-t-il sa réponse au hasard ? Ou, ce qui paraissait plus probable, Mlle Bénard l'avait-elle mis au courant de l'issue toute proche de sa propre enquête ? Toujours est-il qu'il prit cet engagement :

— Je me donne une semaine.

— Vous n'aurez pas un jour de plus.

Comme tout le monde au presbytère, M. Bourdalin avait appris la rencontre entre le doyen et le chanoine Marcejac. Le 1er août, au déjeuner, il s'enquit :

— Alors, ce face-à-face avec le grand patron ? Tout s'est bien passé, n'est-ce pas ? Le canonicat approche...

Décoreur arbora la mine de quelqu'un qu'on viendrait de prendre en défaut.

La plupart des moniteurs étaient partis rejoindre leurs troupes dans la cour de récréation. L'abbé Leroy allait quitter le réfectoire des cadres, dans le sous-marin. Il entendit son supérieur hiérarchique expliquer :

— Ce ne serait pas l'infarctus mais un assass... J'ai deux jours pour retrouver le... pflitt, sinon tout est fichu.

— Je vais vous aider, moi, dans cette tâche.

— Vous avez une idée ?

— Comment voulez-vous ? Il aurait fallu fouiller la chambre.

— Qui nous en empêche ? Allons-y !

— Maintenant ?

L'abbé Leroy traversa les cuisines, échangea deux mots avec Antonio, sortit dans la cour de Saint-Matthias. Darineau surveillait la récréation. Le vicaire fondit sur lui.

— Jean-Pierre, l'informa-t-il, le doyen monte chez Dominique, avec le vieux.

— Saperlipopette !

Garcin lisait un livre de spiritualité, à l'écart. Darineau le héla :

— Remplace-moi dix minutes, s'il te plaît, j'ai une urgence.

Et il fila, car les silhouettes du curé et de son hôte émergeaient du sous-marin.

Le diacre entendit les deux hommes gravir l'escalier à pas lents jusqu'à la chambre de Dominique Martin-Labreux. Le doyen avait un passe-partout avec lequel il essaya d'ouvrir la porte : en vain. Il se pencha pour examiner la serrure : il ne comprenait pas ce qui se passait. Il descendit téléphoner à Mlle Bénard.

Quand elle se présenta au deuxième étage du presbytère, cinq minutes plus tard, il lui demanda :

— Qu'est-ce que c'est que cette fichue serrure ? Elle ne marche pas.

Cheftaine parut embarrassée :

— C'est que... je l'ai fait remplacer... par Lizarou.

— Qui vous y a autorisée ? C'est pour mieux m'interdire l'accès de la chambre ?

— À aucun moment je n'ai voulu vous empêcher...

— Vous auriez pu me prévenir !

— Je ne savais pas que vous souhaitiez visiter...

— Donnez-moi la clé.

Elle le fixa. Il avait l'air implacable. Elle déboutonna le haut de son polo, y enfonça la main droite, sortit une clef dorée, minuscule. Elle la donna au doyen et s'esquiva, comme effrayée.

Décoreur ouvrit la porte de la chambre de Dominique sans crier gare. Il y pénétra, ainsi que M. Bourdalin. Darineau avait soulevé sa fameuse trappe. La pièce d'en dessous était plongée dans une obscurité quasi totale. Le professeur prit sur lui de réenrouler le store. Il y eut une clarté de résurrection. Les deux visiteurs se mirent à inspecter les lieux. Tous les meubles étaient vides ou nus. Une alèse jaunâtre recouvrait le lit. Bourdalin l'écarta : le matelas présentait une tache brune assez circonscrite. Mais sur la moquette, près de la table de nuit, une immense et sombre auréole s'étalait, stigmate du crime.

Aucun des deux hommes n'émit de commentaire. Ils allaient s'éclipser quand le professeur tira machinalement le lit, coincé contre le mur de gauche. Décoreur s'engagea dans l'angle qui s'ouvrait. Il vit quelque chose au sol, se pencha, ramassa l'objet, le rapprocha de lui. Il s'écria, mais c'était évident : « Une montre ! »

Le doyen sortit du triangle où il était coincé, se dirigea vers la fenêtre. Bourdalin lui emboîta le pas, muet, partageant son étonnement, voire sa stupéfaction. Décoreur ne semblait pas vouloir se départir de la montre qu'il tenait par la boucle du bracelet, tel un pendule. Il souleva soudain ses lunettes, mit le nez sur le cadran.

— *Festina Watches*, lut-il.

Puis il regarda son compagnon et murmura :

— *Watches,* c'est de l'anglais. Mais *Festina* ?

— *Festina,* c'est de l'espagnol. Antonio a commis le crime. Non content, au cours de la guerre civile, de « cuisiner » ceux qui sont tombés dans ses griffes et de les interroger aux petits oignons, il est venu semer le meurtre parmi nous. Félicitations, monsieur Décoreur, d'avoir accueilli en votre presbytère pareil philanthrope.

Piqué au vif, le doyen décida de mettre, sans tarder, le grappin sur l'ignoble cuisinier. Il descendit, prit son téléphone, appela la gouvernante.

— Mademoiselle, dit-il d'une voix qui s'efforçait au calme, je vous demande de surveiller de près Antonio, jusqu'à ce qu'on l'arrête. C'est lui qui a ass... Dominique Martin-Labreux. On en a la preuve irréfutable.

Elle raccrocha, fonça vers les cuisines, aperçut Antonio de dos, aux prises avec une couple de tartes aux poires, s'approcha. Le jeune moniteur qui remplaçait Mary Nicholson capta la scène et cette interpellation de la directrice :

— J'en apprends de belles à votre sujet ! C'est pour me remercier, j'imagine...

Le maître queux se précipita hors du sous-marin, traversa la courette, descendit l'avenue Jean-Moulin jusqu'au parking le long de la Dognette. Il monta dans sa nouvelle voiture grise.

Il y a fort à parier qu'il passa par son gourbi prévenir Maria, prendre quelques effets, et que, sans s'attarder, en maugréant contre le sort funeste, il accumula les kilomètres jusqu'à ce que, Espagne ou non, il se sente plus en sécurité.

— Ainsi, Antonio a pris la fuite ? dis-je à Darineau.

— Oui, et c'est Mlle Bénard qui assume la cuisine !

Darineau marqua un temps de réflexion. Soudain son visage s'éclaira, il reprit :

— Il avait accepté la besogne pour quelqu'un d'autre qui l'a entraîné dans un traquenard.

— Et selon vous, Jean-Pierre, comment s'appellerait le Machiavel ?

— C'est Bourdalin qui a suggéré au doyen la fouille de la chambre du défunt. Il a pris l'initiative de tirer le lit. On a des raisons de le suspecter.

— Seulement, la myopie du professeur n'a rien de fictif, objectai-je. Je ne l'imagine pas se rendant en salle de Nébulisation sans lunettes.

Comme promis, je décidai de téléphoner une nouvelle fois à Françoise Plantain :

— Allo, chère mademoiselle, je voulais vous faire un signe amical.

— Comme c'est gentil ! Appelez-moi par mon prénom.

— Le moral ?

— J'essaie de survivre. Avant de partir, Dominique m'y a bien aidée, en m'initiant au monde de l'orthodoxie. Le dimanche, je vais à la messe dans un monastère russe.

— Cet infarctus, c'est quand même pas de chance !

— J'en ai parlé à mon médecin. Selon lui, chez l'adulte jeune, cela représente entre deux et cinq pour cent du total des cas. Mais le problème, c'est que les signes avant-coureurs sont rares.

Françoise ne se doutait de rien.

— Vous êtes bien entourée ? demandai-je.

— Oui, maman et mes amies sont pleines d'attentions. Et Pépin — c'est comme ça que j'appelle M. Bourdalin — ne m'abandonne pas. Entre deux chapitres de sa thèse, il me régale de jolies cartes postales avec ses amitiés.

— Comment le trouvez-vous ? Il nous fait souci. Il mange et parle peu, travaille tel un terrassier.

— Il était très lié à Dominique.

— Qu'est-ce qui, d'après vous, faisait leur amitié ?

— Beaucoup de choses, en dépit des apparences : ils ont tous les deux perdu jeunes leurs parents et ils ont suivi le même parcours. Le saviez-vous ? Albert Bourdalin a envisagé de devenir prêtre.

— Ah ! bon ?

— Mais on l'en a empêché. Pour des raisons politiques.

— Il espérait pour Dominique ?

— Il se projetait en lui.

— Et si son « fils », comme il disait, l'avait informé qu'il voulait quitter le séminaire, revenir à la vie laïque ?

— Pépin aurait sans doute été déçu. Mais pourquoi me posez-vous cette question, monsieur Hoskyns ?

Je me confondis en excuses et abordai, pour finir, un sujet plus banal.

Je revis le père Charpentier et appris de lui que l'abbé Décoreur avait contacté le chanoine Marcejac avant l'expiration du délai de grâce, afin de lui livrer le nom du cuisinier.

— Je suis soulagé que vérité soit faite, déclara le vicaire général au curé de Saint-Silice. Il ne manque plus que la justice. J'imagine que vous allez y pourvoir, appeler les gendarmes ?

Le doyen émit un « oui » timide.

— Vous voyez, ajouta son supérieur, comme il faut être prudent dans le choix de son personnel !

Après le coup de fil, Décoreur convoqua sa gouvernante, lui transmit la remarque du chanoine Marcejac et, d'une voix bégayante, indiqua :

— Il fau-faudrait app-appeler les gendarmes.

— J'y ai pourvu, répondit-elle. Ils ont promis d'être discrets.

Pour le curé de Saint-Silice, ce fut un immense soulagement, digne d'un pèlerinage à la ferme du Colvert.

Il frappa chez Bourdalin et l'invita à déjeuner pour le remercier de ses conférences et de son aide déterminante dans l'établissement de la vérité concernant le décès du moniteur. Non seulement le professeur déclina la proposition, mais il informa son aimable visiteur que, sa tâche achevée, n'ayant plus de raison de prolonger son séjour, il gagnerait la capitale par le train du soir. Là, tranquille, apaisé, loin des sollicitations dont il pâtirait à Bandégave, il achèverait sa thèse, de sorte que la soutenance puisse avoir lieu en fin d'année.

L'abbé Leroy commençait à prendre l'habitude de passer par la librairie. Il vint spontanément raconter cette conversation, surprise entre la gouvernante et la vieille concierge :

— Excusez-moi, mémé Charlier, lança la première, de revenir sur ce vendredi 7 juillet au matin, juste avant le décès de Dominique Martin-Labreux.

— Ma foué, mademoiselle, v'avez point pitié de moué.

— Sur le coup de sept heures, quelqu'un a donc pénétré au presbytère par la porte de derrière ?

— Pour sûr !

— Qui était-ce ? Antonio ?

— C'est point dans mes habitudes de faire l'indiscrète !

Elle n'avait pas dit, cette fois, qu'elle ne savait pas.

— Mémé, je vous demande ça, insista la gouvernante, parce que c'est crucial. Vous ne voudriez quand même pas que je me fâche contre vous, que M. le curé soit mécontent de sa... fidèle concierge et qu'il décide...

Mme Charlier avait atteint les limites de la résistance. Elle aimait le presbytère, ses hôtes, ses habitués ; elle redoutait la maison de retraite et les rangées de légumes qui peupleraient peut-être son jardin quotidien. Enfreignant son éthique professionnelle, elle finit par répondre à la question de la gouvernante :

— Mlle Gagnabie, je crois ben. L'institutrice. Elle avait la capuche sur la tête. Et ses lunettes nouères !

Après dîner, Mlle Bénard s'installa dans le bureau du doyen et y convoqua l'institutrice. L'abbé Leroy était aux aguets.

— Le vendredi 7 juillet, à sept heures du matin, attaqua Cheftaine, où étiez-vous ?

— Pardi ! dans mon lit !

— Menteuse, vous êtes venue au presbytère, tramer Dieu sait quoi.

Il y eut un silence.

— Depuis longtemps, reprit avec véhémence la gouvernante, j'ai de quoi vous soupçonner. Parce que je vous aimais, je vous ai accordé jusqu'ici le bénéfice du doute. Mais cette fois, je dispose d'une preuve irréfutable : on vous a vue avec vos lunettes noires, la capuche rabattue sur le visage. Vous voilà confondue... Je vais vous faire mettre en prison.

— Vous vous trompez, protesta l'institutrice d'une voix très calme. Ce n'était pas moi.

— Quelle preuve avez-vous pour vous défendre ?

— Vous savez bien que je déteste me lever tôt !

— Oh ! Si Dominique vous avait donné rendez-vous...

— Une chose me frappe, dis-je à Darineau après lui avoir rapporté l'entretien : malgré la découverte de la montre d'Antonio, Mlle Bénard continue de rechercher le coupable.

— Je n'en suis pas certain, car en abordant mémé Charlier, elle cite d'emblée le nom du cuisinier, comme si le mystérieux visiteur ne pouvait être que lui.

— Soit ! Mais lorsque la concierge lui jette en pâture celui de Mlle Gagnabie, la gouvernante l'enregistre sans manifester le moindre étonnement.

— Qu'en concluez-vous ? demanda-t-il.

— Qu'elle a dû découvrir ce que vous et moi savons depuis le début : le crime met en cause non pas une, mais deux personnes, un cerveau et une couverture.

La remarque aiguillonna le diacre.

— Vous avez raison, Peter, dit-il. Mlle Bénard se doute du motif de vos visites à l'Établissement et je parie qu'elle a travaillé au corps la responsable de la Nébulisation.

— Que pensez-vous du témoignage de mémé Charlier ?

— Ce qui m'intrigue, c'est que l'institutrice n'aime pas se lever tôt.

— Et à supposer que nous l'écartions... ?

— Je ne vois pas d'autre suspect possible que Bourdalin.

— Tout à fait d'accord, Jean-Pierre. Mais nous nous heurtons toujours au même obstacle : Bourdalin est myope comme une taupe. Or, dans la salle de Nébulisation, même un lynx ne reconnaîtrait pas ses petits...

— Par ailleurs, la veille du crime, il avait quitté Saint-Silice.

Sur la suggestion du diacre et en plein accord avec Louisette, j'invitai Françoise Plantain chez nous, à Saint-Silice. Il n'avait pas été si difficile de convaincre la jeune fille : elle avait envie de ce voyage. Avec Jean-Pierre, nous nous arrangeâmes pour lui servir de cicérones. Françoise eut droit à tout en ce début août caniculaire : les puys, les cascades, les chemins ombragés, les églises romanes, une matinée à l'Établissement. Elle dîna à plusieurs reprises à la table du doyen, d'où Mlle Gagnabie avait été momentanément chassée. Pendant cinq jours, tout le monde la considéra comme un être exceptionnel, venu d'une autre planète. Malgré sa peine, cela la rendit presque joyeuse. Dans les remarques ou dans les silences, « il » était là, sans que son nom fût toujours prononcé. Il était là dans les paysages et dans les fleurs et dans les brouillards matinaux. La seule chose qui manqua à la jeune fille, ce fut la messe dominicale au Champ-aux-Bécasses.

Cheftaine remit à Françoise tout ce qui avait appartenu à Dominique : ses effets et ses livres, à l'exception toutefois de l'anthologie des *Plus Beaux Poèmes d'amour.* Une nuit, la jeune fille lut *Oncle Vania* et en fut bouleversée. Surtout par la dernière tirade de Sonia :

« *Nous allons vivre, oncle Vania. Nous allons vivre*

une longue, longue file de jours, de longues soirées ; nous allons supporter patiemment les épreuves que nous enverra le destin. Nous allons travailler pour les autres, et maintenant et jusque dans notre vieillesse, sans trêve ; et, quand notre heure viendra, nous mourrons résignés, et là-bas, par-delà la tombe, nous dirons combien nous avons souffert, pleuré, combien nous avons eu d'amertumes. Et Dieu aura pitié de nous, et tous deux, oncle, mon cher oncle, nous verrons une vie lumineuse, harmonieuse, splendide, et nous nous réjouirons, et nous considérerons nos malheurs d'aujourd'hui avec un sourire ému — et nous nous reposerons. Je le crois, oncle, je le crois ardemment, passionnément. Nous nous reposerons. Nous nous reposerons ! Nous entendrons les anges, nous verrons tout le mal terrestre, toutes nos souffrances, se noyer dans la miséricorde qui emplira l'univers entier, et notre vie deviendra calme, tendre, douce comme une caresse. Je le crois, je le crois. »

Elle, Françoise, incarnait Sonia. Qui jouait le rôle de l'oncle Vania ? Le nom de Bourdalin lui vint à l'esprit. Mais elle songea surtout à Jean-Pierre Darineau, qui lui avait, encore une fois, parlé de Dominique avec beaucoup de sensibilité, l'avait accompagnée sur le chemin de la Rose et à l'Écuerelle et qui l'avait, un soir de larmes, embrassée.

Durant le séjour de Françoise, un ami du doyen, un monseigneur, fit un crochet imprévu par la station. Il devait y passer deux nuits. On lui attribua la chambre de Bourdalin. Qui assumerait le grand ménage ? Maria ayant été mise en congé et Mlle Gagnabie écartée du presbytère, Cheftaine décida de s'en charger. Mémé Charlier voulut lui prêter main-forte. La gouvernante accepta, tout en recommandant à la concierge de s'épargner.

Quand les deux dames pénétrèrent dans la pièce, me rapporta l'abbé Leroy en voisin, puisque sa chambre est contiguë à celle du professeur, elle exhalait le suint et la moisissure. Malgré la grisaille, Bénard ouvrit grande la fenêtre donnant sur l'avenue Jean-Moulin et se livra à l'art de la fouille. Les tiroirs du bureau et de la table de nuit, les étagères de l'armoire étaient bourrés de paquets de gâteaux aux trois quarts vides. Bourdalin semblait surtout priser les cakes. Parmi les reliefs de friandises, elle remarqua une fiole de la taille d'un index, l'examina avec soin. Un rectangle mauve se détachait sur fond blanc, avec un nom de marque.

Cheftaine hésita puis rugit. Elle montra l'objet à son assistante médusée et dit :

— Mon Dieu ! Mais c'est une solution désinfectante pour lentilles de contact !

Bourdalin avait cru bon de faire appel à la fine pointe de l'ophtalmologie.

Pour donner de ses nouvelles, miss Nicholson avait choisi le biais de la carte postale. Le vendredi 4 août, j'en reçus une de la cathédrale de Cantorbéry avec, au dos, ces quelques mots en anglais :

Cher Peter D. Hoskyns,

Comme on est bien à la maison !

Je reprends souffle après tous ces événements.

Mon téléphone est...

Meilleur souvenir,

Mary Nicholson.
(la monitrice)

Dans son laconisme, je perçus cette missive comme une invite. J'appelai ma terre natale, obtins Mary qui me parla un peu de sa famille, beaucoup de son chat, me fit un point de ses lectures et quelques remarques inédites à propos de Gainsborough. Je ne sus comment aborder mon sujet. Il vint sur le tapis comme si c'était tout naturel.

— Qu'est-ce qui se passe dans notre beau pays ? demandai-je.

— Des faits divers et, surtout, un crime atroce. Un homme d'un certain âge, un lord, a assassiné son jeune amant. On a retrouvé le pauvre bougre la gorge tranchée et dans une position qui laissait supposer...

La position semblait, pour Mary, indicible. Sans m'appesantir sur ce crime homosexuel d'outre-Manche, j'enchaînai avec plus ou moins d'à-propos :

— Un peu comme ce malheureux Dominique ?

Elle ne répondit pas. J'ajoutai, pour ranimer sa mémoire :

— Dominique Martin-Labreux. Vous vous souvenez ?

— Ne m'en parlez pas !

Sa voix laissait passer de l'effroi. Je m'exclamai :

— Comme j'aimerais pourtant comprendre !

Je la sentais résolue à ne pas aller plus loin, alors que, de toute évidence, elle possédait certaines informations. J'ignore comment j'en eus l'idée, mais j'ajoutai, d'une voix pathétique :

— Vous savez, Mary, derrière Dominique, il y a une jeune fille au cœur brisé et qui se pose des questions, elle aussi...

Qui m'autorisait à parler au nom de Françoise Plantain ? Miss Nicholson crut cependant que j'étais mandaté par elle, car ma remarque emporta sa décision.

— J'ai entendu des choses horribles..., avança-t-elle.

— Quand était-ce ?

— Quelque temps avant la mort.

— Où ?

— Au presbytère. Dans la chambre du Pr Bourdalin. Il y avait quelqu'un. Et le professeur s'adressait à lui. Il s'échauffait, il criait presque. Je le croyais plus serein. (Elle haussa le ton.) Je passais par hasard chercher un costume de cure au grenier, dans la réserve. J'avoue que je me suis approchée, ai collé l'oreille contre la porte. Je craignais qu'il se produise quelque chose de très grave. Le professeur avait mis un frein à l'expression de sa colère mais ses phrases n'étaient pas moins terribles...

— Qu'a-t-il dit ?

— « Ainsi, tu nous abandonnes tous les deux ? Le Dieu qui t'a épargné pour faire de toi son prêtre, et moi qui t'ai entouré de tant et tant d'affection... Tu nous abandonnes pour l'autre. Tu t'attaches (miss Nicholson marqua une hésitation et continua en français) aux tétons et au bas-ventre d'une femme... » (Elle revint à l'anglais.) « Comment t'est née cette lubie ? »

« "C'est une décision mûrement réfléchie, méditée dans la lumière orientale...", a expliqué celui qui se trouvait dans la chambre. J'ai compris, à la voix, qu'il s'agissait de Dominique.

Mary Nicholson arrêta son récit. Je crus que nous n'étions plus en ligne. « Allô », dis-je. Elle reprit :

— Le Pr Bourdalin s'est mis à pleurer toutes les larmes de son corps. Des larmes de désespoir. Je voulais partir. Mais, dans cette scène dont je ne voyais rien, que j'entendais seulement, quelque chose me fascinait. Bourdalin s'est calmé, il a repris la parole. Il semblait un autre homme. « Pardon, pardon, gémissait-il, avec quelque chose de pitoyable, de presque indécent dans la voix. Je suis trop bête, trop idéaliste, trop sentimental. Chacun a la maîtrise de sa vie, même si ça fait mal aux autres. Je vous comprends. Vous êtes un jeune homme de votre temps, vous voulez cueillir le bonheur en bourgeons. Ne m'en veuillez pas, surtout ne m'en veuillez pas... »

— Et qu'a répondu Dominique ? demandai-je.

— « Je ne vous en veux nullement. C'était juste l'effet de la nouvelle... de la mauvaise nouvelle. »

Il y eut un long silence. Je demandai à Mary Nicholson :

— C'est après cette scène que vous avez décidé de quitter Saint-Matthias ?

— Oui, car l'atmosphère m'était devenue irrespirable...

En cet après-midi où Françoise était partie faire des courses avec Louisette, je communiquai à Darineau le nouvel élément du puzzle, fourni par Mary Nicholson.

— Quelque temps avant la mort de Dominique, il y a eu une violente altercation entre Bourdalin et lui.

— Sur quoi portait-elle ?

— Le jeune séminariste venait d'annoncer au professeur sa décision de ne pas continuer sur la voie du sacerdoce.

— L'autre l'a mal pris ?

— Il a fait comme si Dominique cédait à la débauche.

— Et de quelle façon notre ami a-t-il réagi ?

— Il a évoqué la « lumière orientale », faisant allusion à la discipline en vigueur dans les Églises orthodoxes, selon laquelle mariage et prêtrise ne sont pas incompatibles.

— Je comprends tout ! commenta Darineau en levant les bras au ciel.

— « Bourdalin se projetait en Dominique », m'a dit un jour au téléphone Françoise. Lui, le recalé du sacerdoce, il espérait devenir prêtre par procuration, en quelque sorte.

Le diacre réfléchit et me posa cette question :

— Pourquoi Dominique a-t-il écrit P.P. dans le

carnet rose ?... Vous vous souvenez de la séquence : « Lum. orient. Prévenu P.P. Incr. viol. verb. » ?

— Françoise, notai-je, appelle souvent Bourdalin Pépin.

Le visage de Darineau s'illumina.

— Reste à préciser une chose, ajouta-t-il. S'est-il agi, de la part du professeur, d'une violence uniquement verbale ?

Arriva le dernier soir que devait passer Françoise Plantain dans notre région. Pour l'occasion, Mlle Bénard la traita de façon princière. Elle l'emmena dîner avec Louisette, Darineau et moi au restaurant de l'Hôtel de la Gare, à Marfeuil, à une quinzaine de kilomètres de Saint-Silice. La gouvernante connaissait le chef. Ce fut un tel régal que la jeune fille retrouva le chemin de l'appétit. Les portions étaient modestes mais il y avait, dans l'art de marier les saveurs, quelque chose d'éblouissant. Le sommelier dénicha un saint-pourçain qui ravalait au rang de bibine celui du doyen. Cheftaine se leva pour régler l'addition.

C'est alors que nous la vîmes fixer le propriétaire de ce regard de braise qui avait dû, naguère, mettre à mal bien des cœurs. Il y avait dans ce visage une beauté quasi hispanique dont on ne savait s'il fallait l'attribuer au teint cuivré, au chignon de jais, à la majesté du front. Le maître des lieux parut hypnotisé.

Mlle Bénard en profita pour feuilleter le registre de l'hôtel, comme s'il s'agissait de celui des pensionnaires de Saint-Matthias, mais elle le referma, dépitée. Nous sortîmes tous ensemble, sauf Darineau qui traîna un peu.

La duègne manœuvrait sa R 5 pour sortir du parking. Le diacre me prit à part et me glissa à l'oreille :

— Sur la liste des pensionnaires du 6 juillet, j'ai vu un M. Augustin Déclane.

Je ne saisissais pas.

— Rappelez-vous le sujet de thèse de Bourdalin : la polémique entre Julien d'Éclane et saint Augustin. Il a pris un pseudonyme de façon, si j'ose dire, à réconcilier les anciens adversaires.

Je réalisai, cette fois, la subtilité. Mais quelque chose m'échappait encore dans le déroulement de l'histoire.

Le lendemain, après la cure, Darineau vint à la librairie. Françoise dormait. Le diacre me demanda :

— Pourquoi diable la gouvernante nous a-t-elle invités ?

— Pour faire plaisir à notre amie, je suppose.

— Je crois qu'il y avait autre chose. Vous avez remarqué ? Elle a esquissé une moue de déception après avoir compulsé le registre de l'hôtel...

Au milieu du silence, comme en un éclair, tout s'organisa dans mon esprit.

— Oui, dis-je, elle s'attendait probablement à y trouver le nom du criminel mais il n'y était pas.

— Et qui soupçonnait-elle, selon vous ?

— Bourdalin. Le 6 juillet au soir, vous l'avez conduit à la gare...

— En effet.

— Comme vous le savez, il n'existe pas de train direct entre Saint-Silice et la capitale. Il faut s'arrêter à Marfeuil, véritable nœud ferroviaire, et emprunter l'express...

— Oui, c'est bien connu.

— Mlle Bénard a sans doute été plus avisée que nous : elle a consulté les horaires et constaté qu'il était possible de partir le soir pour Marfeuil, de reprendre le lendemain le premier omnibus en direction de Saint-Silice, puis de revenir à Marfeuil à temps pour sauter dans l'express et atteindre la capitale en tout début d'après-midi.

J'appelai les services de renseignements de la gare. Ils me confirmèrent mon hypothèse : il y avait un battement d'une heure, à Saint-Silice, entre deux omnibus. L'un arrivait à six heures cinquante-trois. L'autre repartait à huit heures moins sept. Une heure : c'était plus qu'il n'en fallait pour commettre un crime bien préparé.

— Comment Cheftaine en est-elle venue à suspecter Bourdalin ?

— D'abord, je crois qu'elle était jalouse de l'ascendant qu'il exerçait sur le doyen, ce qui l'a rendue méfiante à son égard. Ensuite, elle a vu, beaucoup plus vite que nous, les conséquences possibles de l'amitié étouffante qu'il vouait au défunt. Enfin, peut-être le carnet rose a-t-il conforté ses prémonitions.

— Vous pensez qu'elle n'a jamais cru à la culpabilité de Marie Gagnabie ?

— Si, bien sûr. Elle l'a soupçonnée, elle aussi. En raison du petit livre rouge et d'un certain nombre d'événements par la suite... Mais l'histoire des lentilles de Bourdalin a été déterminante. Il était évident que le cher homme, si l'on peut dire, cherchait à se dissimuler.

Le nom d'Augustin Déclane, sur le registre de l'Hôtel de la Gare, ne laissait plus aucun doute sur sa culpabilité.

Pour prévenir Françoise, je pris d'infinies précautions et tâchai de lui épargner certains détails sordides. En réalisant l'étendue du drame, elle se mit à pleurer, mais à larmes retenues. Et elle n'exprima aucune haine, aucun désir de vengeance.

— Quand vous vous en sentirez la force, lui proposai-je, je vous accompagnerai à la gendarmerie, afin que vous y déposiez plainte.

— Pas tout de suite, Peter ! Il faut d'abord que je le revoie !

Elle parlait, bien sûr, de Bourdalin.

En début d'après-midi, elle tenta de le joindre dans son studio de la capitale. Le téléphone sonna dans le vide. Elle appela l'université catholique de Bandégave. Quelqu'un décrocha, puis raccrocha.

— Peter, il faut que je le retrouve ! dit-elle.

Louisette l'accompagna au train de dix-neuf heures vingt et une.

Françoise partie, Darineau déboula dans la librairie. Nous avions l'un et l'autre un sentiment de vide, de désœuvrement. Fut-ce pour le combler que nous nous mîmes à raconter la genèse du crime ?

— Bourdalin, commença le diacre, a fait la connaissance de Dominique, l'a aimé comme son double, surtout à partir du moment où il lui a confié son projet sacerdotal. Ils ont vécu en étroite symbiose. Même lieu de travail : l'université de Bandégave. Même lieu de détente : la maison Plantain. Puis, insensiblement, le « fils spirituel » s'est affranchi, en nouant amitié avec Françoise et en découvrant l'Orient chrétien.

— Il a vécu une crise, poursuivis-je. Elle s'est résolue. Dominique a décidé de quitter le séminaire, de se marier. Destin aujourd'hui banal !

— Mais, averti, Bourdalin l'a mal pris. Après avoir explosé, il a mûri sa vengeance. Il connaissait le passé chargé du cuisinier, lui a proposé de devenir l'exécuteur de ses hautes œuvres. Mais, au lieu de lui verser son « salaire », il l'a délesté de sa montre pour constituer une pièce à charge, une fois le crime perpétré.

— Comédien, le professeur l'aura été jusqu'au bout : tête couverte à l'Établissement, changement de registre vocal durant les différentes phases du complot, lentilles de contact pour remplacer ses lunettes si repérables.

— La veille du crime, il quitte la station. À Marfeuil, au lieu d'attraper l'express, il prend une chambre à l'Hôtel de la Gare, sous le pseudonyme d'Augustin Déclane ; il y passe la nuit, repart pour Saint-Silice aux aurores, fonce vers le presbytère, y pénètre par la porte de derrière.

— Petit problème : mémé Charlier l'entraperçoit mais, la tête prise dans la capuche de son anorak, des lunettes noires sur le nez, elle le confond avec l'institutrice.

— Il avait évidemment pris soin de vérifier bien avant le 7 juillet que le moniteur ne fermait jamais sa porte à clé.

— J'imagine, repris-je, que le crime est commis à la lueur d'une lampe de poche, même si on ne l'a pas retrouvée. Bourdalin a un moment de panique, sans doute : ça saigne beaucoup. Il se précipite vers le cabinet de toilette, s'empare d'une serviette, s'y essuie les mains, emballe le couteau dedans, l'embarque. Au moment de s'en aller, il a un réflexe salutaire.

— Oui, avec son passe-partout, il ouvre la chambre de Ducombet, en vadrouille, lui subtilise l'une de ses serviettes, la pend dans le cabinet de toilette de Martin-Labreux.

— Pour regagner la gare, il emprunte des chemins détournés. À Marfeuil, il récupère ses bagages à la consigne, s'engouffre dans l'express en direction de la capitale.

— L'après-midi, il craint pour son plan, téléphone au presbytère, demande Dominique, comme s'il n'était au courant de rien. « Il n'est pas là — Passez-moi Darineau. » Ma voix sereine le rassure. Opération réussie ! Il se sent d'attaque pour terminer enfin sa thèse.

— Vous ne m'aviez pas dit, Jean-Pierre, que Bourdalin disposait d'un passe-partout !

— J'y ai réfléchi. À l'entrée de son bureau, accroché au mur de gauche, le doyen laisse toujours un trousseau d'appoint. Il suffisait d'« emprunter » le sésame et de le faire dupliquer.

— Françoise vous a-t-elle jamais parlé du carnet rose ?

— Je crois qu'elle s'est surtout intéressée aux citations qu'il comportait. Le reste l'a rebutée, avec toutes ces abréviations.

Nous restâmes silencieux.

— La messe est dite, conclut le diacre, des trémolos dans la voix.

— Je vous signale quand même que les deux coupables sont en fuite. Il me faut les retrouver. À propos de Bourdalin, je suis comme Françoise, j'aimerais comprendre. Car il y a un arrière-fond spirituel à ce crime.

— Vous cultivez vraiment le paradoxe, mon cher Hoskyns !

— Mais Satan lui-même n'appartient-il pas aux êtres spirituels ? Écoutez, l'abbé, le cerveau de cette histoire est tout sauf sans principes. Il croit en un monde supérieur invisible — réel ou fictif, peu importe. Pour accomplir son dessein, il a dû le mettre à contribution, d'une manière ou d'une autre. Cela, je voudrais l'élucider.

L'abbé Leroy m'apprit qu'il était arrivé malheur à Mlle Gagnabie.

Il y a dix ans, me confia-t-il, sortant d'une longue période de vide affectif, elle avait connu un grand feu. Mais son fiancé l'avait laissée tomber. Il avait fallu à l'institutrice plusieurs années pour surmonter son désespoir, recommencer une recherche sur le plan affectif.

Elle s'était tournée vers des amours boiteuses, dont le bénéficiaire était trop jeune ou trop vieux, miséreux ou immensément riche ; marié, père de famille ou séminariste, comme ce Martin-Labreux. Autant, bien souvent, elle ne nourrissait guère d'illusions sur ses conquêtes, autant elle misa sur Dominique, son cadet d'une quinzaine d'années. Il lui semblait tellement égaré dans le monde clérical ! Elle avait résolu de lui révéler sa vraie vocation : tenir une femme par la main, en faire la compagne de ses jours. Elle avait visé juste, mais trop tard : il s'était épris de cette maudite Françoise.

En apprenant la nouvelle, sa vie s'était tout à coup déchirée et elle avait cru percevoir les premiers signes de la vieillesse. Les soupçons de Mlle Bénard, l'éloignement du presbytère, la venue à Saint-Silice de Françoise Plantain firent le reste. Elle avait l'impression d'être lâchée par sa propre famille.

Mlle Gagnabie fut retrouvée morte dans son studio. Pour assurer sa fin, elle n'avait pas lésiné sur les neuroleptiques. Sur son scriban, bien en vue, elle avait laissé ce court message :

> J'ai beaucoup aimé Dominique.
> Mais tout de même pas au point de le tuer.
> Pauvre garçon ! Pauvre moi !
> Nous sommes tous des mendiants.
>
> M. G.

— Comme c'est curieux, remarqua l'abbé Leroy. Cette bonne catholique a repris la dernière phrase de Luther !

À Saint-Silice, on organisa de grandioses funérailles à l'institutrice, avec corps constitués, gendarmes, anciens élèves et curistes de Saint-Matthias. Darineau fit office de diacre, ce qui était, pour une fois, dans l'ordre des choses. Il vint me dire adieu après l'émouvante cérémonie. Mon épouse nous installa devant une bouteille de sherry pour marquer la fin d'un cycle, et partit assurer la relève en librairie.

Le 12 août, Darineau quitta Saint-Silice et nous nous étreignîmes.

V

L'exposition

Sur le quai de la gare de Bandégave, Françoise fut frappée par une affiche singulière. Elle représentait un poignard maculé de sang, sous lequel on pouvait lire, en gros caractères rouges : LE SACRIFICE et annonçait une exposition au musée des Beaux-Arts de la ville. La jeune fille se promit de s'y rendre. Elle passa plus de deux heures dans des salles presque vides. Il y avait de tout parmi les toiles. Certains artistes s'étaient attachés aux grands sacrifices modernes : les tranchées de 1914-1918, la Shoah, Hiroshima, le Goulag. D'autres avaient choisi l'univers des religions.

Françoise s'arrêta devant une toile intitulée : *Le Pseudo-sacrifice d'Isaac.* Le patriarche Abraham occupait le devant de la scène, vieux et chenu, mais les bras musclés, pour bien montrer que, s'il renonçait à immoler Isaac, ce n'était pas par manque de force physique. Son vêtement flottait au vent, dégageant une cuisse avenante, suggérant que sa virilité ne partait pas en quenouille. De la main droite tournée vers le ciel, le patriarche brandissait une sorte de cimeterre ; de la gauche, il maintenait courbée l'échine de son fils. Celui-ci semblait l'exacte réplique de l'ange qui s'apprêtait à retenir le sabre : les deux personnages, au visage poupin, portaient une simple tunique de gaze. Arc-bouté sur un bûcher de fortune, la tête tournée vers le spectateur, comme pour le prendre à témoin, le jeune enfant, Isaac, exhibait une croupe rebondie et lascive. La notice indiquait le nom du peintre, la date de l'œuvre. Dans un cartouche figurait le texte de la Genèse (22, 1-22) :

« *Dieu dit : "Abraham ! Abraham !" Celui-ci répondit : "Me voici !" Dieu dit : "Prends ton fils, ton unique, que tu chéris, Isaac, et va-t'en au pays de Moriyya, et là tu l'offriras en holocauste sur une montagne que je t'indiquerai."*

« *Abraham se leva tôt, sella son âne et prit avec lui deux de ses serviteurs et son fils Isaac. Il fendit le bois de l'holocauste et se mit en route pour l'endroit que Dieu lui avait dit. Le troisième jour, Abraham dit à ses serviteurs : "Demeurez ici avec l'âne. Moi et l'enfant nous irons jusque là-bas, nous adorerons et nous reviendrons vers vous."*

« *Abraham prit le bois de l'holocauste et le chargea sur son fils Isaac, lui-même prit en main le feu et le couteau et ils s'en allèrent tous deux ensemble. Isaac s'adressa à son père Abraham et dit : "Mon père !" Il répondit : "Oui, mon fils !" "Eh bien, reprit-il, voilà le feu et le bois, mais où est l'agneau pour l'holocauste ?" Abraham répondit : "C'est Dieu qui pourvoira à l'agneau pour l'holocauste, mon fils !" et ils s'en allèrent tous les deux ensemble.*

« *Quand il fut arrivé à l'endroit que Dieu lui avait indiqué, Abraham y éleva l'autel et disposa le bois, puis il lia son fils Isaac et le mit sur l'autel, par-dessus le bois. Abraham étendit la main et saisit le couteau pour immoler son fils.*

« *Mais l'ange de Yahvé l'appela du ciel et dit : "Abraham ! Abraham !" Il répondit : "Me voici !" L'ange dit : "N'étends pas la main contre l'enfant ! Ne lui fais aucun mal ! Je sais maintenant que tu crains Dieu : tu n'as pas refusé ton fils, ton unique."* »

À la sortie, Françoise s'aperçut qu'il y avait un livre d'or. Elle le feuilleta. En remontant le fil des pages — elle en compta quatre seulement —, elle reconnut une écriture en fines pattes de mouches et lut :

> Exposition suggestive.
> Bel hommage à mon cher vieux patriarche.
> Merci.
>
> Pr. A. B.

Ce court texte la troubla. Elle se dit que Bourdalin était peut-être encore à Bandégave. Elle prit ses jambes à son cou et fonça vers l'université.

Dans le bâtiment, à gauche du palais, où logeait Bourdalin, Françoise ne rencontra pas un chat. Elle frappa à la porte de l'assassin. Personne ne répondit. Pourtant, un filet de lumière lui indiqua qu'il y avait quelqu'un dans l'appartement. Elle poussa délicatement le battant, perçut un bruit, s'avança dans l'entrée et lança d'une voix timide :

— Pépin, c'est moi. C'est Françoise.

La femme de chambre apparut, l'air revêche.

Elle vint vers la visiteuse, la toisa du regard et lui annonça :

— Le professeur vient de partir en voyage.

La jeune fille comprit qu'il ne servait à rien d'argumenter. Profitant d'une volte-face de la part de la femme de chambre, elle se fraya un chemin à sa suite dans l'étroit couloir, déboucha dans le grand bureau-bibliothèque, slaloma entre les rayonnages.

La femme de chambre prit conscience qu'on l'avait suivie. D'un chiffon, elle se fit une muleta. Françoise effectua un crochet et s'engouffra dans le réduit qui servait à Bourdalin de chambre et de salle de douche. La présence de chaussettes sur un séchoir confirmait qu'elle avait raté de peu le maître des lieux. Dans la pénombre elle distingua un objet rond sur la table de nuit : un miroir grossissant. Elle alluma une lampe et vit, à côté du miroir, deux petits flacons pour lentilles.

Françoise ouvrit, sous le regard noir de la femme de ménage, le tiroir de la table de nuit. Elle y découvrit une panoplie d'objets tranchants : couteaux, coupe-choux, poignards. Elle se crut dans l'antre de Barbe-Bleue, sortit sans saluer, descendit un étage, emprunta un couloir, entendit un morceau de musique classique, s'approcha, lut la plaque apposée sur la porte : MONSIEUR LE VICE-DOYEN YVES DAVIDSON.

Dominique appréciait ce professeur. Et elle avait aimé son bref discours incisif à la fin de la messe de funérailles. Sans réfléchir plus avant, elle frappa à la porte.

L'abbé Davidson lui ouvrit, en chemisette

bleue, la pipe aux lèvres. Il la pria d'entrer, de s'asseoir. Il avait l'air bienveillant, soit qu'il l'eût reconnue (c'était improbable), soit qu'il eût trouvé rafraîchissante la visite d'une jeune fille en plein milieu des vacances. La visiteuse se présenta :

— Je m'appelle Françoise Plantain. Je suis une amie de Dominique Martin-Labreux que vous avez eu comme étudiant.

Ils eurent un assez long échange à propos du défunt, que l'abbé décrivit comme un tempérament « intuitif ». Puis la jeune fille demanda à son hôte s'il avait vu l'exposition de peinture, au musée des Beaux-Arts. Il fit signe que oui.

— Une toile m'a troublée, indiqua-t-elle. Elle représente le sacrifice d'Isaac. À dire vrai, je ne sais pas si c'est la toile qui m'a troublée ou bien le texte biblique sur lequel elle prend appui. C'est bizarre, quand même, que Dieu demande à Abraham de sacrifier son fils, après le lui avoir donné...

L'abbé Davidson consulta un gros livre et se lança dans une explication de texte devant une Françoise fascinée qui n'avait nulle envie de l'interrompre :

— Savez-vous comment la tradition juive a intitulé ce passage de la Genèse ? « La Ligature d'Isaac ». Car Isaac n'a pas été immolé, comme vous le savez, mais seulement lié au bûcher.

« C'est une histoire terrible, qui semble, en effet, souligner l'incohérence de Dieu. Le Midrach, un recueil de commentaires juifs sur la Bible, met en scène Satan. Il s'adresse à Abraham et lui conseille : "*Il faut dire à Dieu — toi qui sais si bien discuter avec Lui : 'Tu m'as dit hier que c'est par Isaac que ma postérité recevrait la terre de la promesse et tu me demandes maintenant de le sacrifier. Pas possible, car ce serait te contredire toi-même.'"* Satan ajoute, perfide mais sagace : *"À moins que cet ordre, ce soit une erreur, que tu aies des visions : tu vieillis, Abraham !"*

« Imaginez ! Si le fils chéri, le fils de la vieillesse et qui représente l'avenir pour Abraham, doit être sacrifié, où va-t-on ? C'est la porte ouverte à tous les abus, à tous les crimes, la fin des sociétés ! Et, bien qu'Isaac soit épargné, l'injonction divine fait des ravages, souligne encore la tradition juive. À propos du même épisode, le Midrach note : *"Sarah* — la mère d'Isaac — *est morte de chagrin."*

« Il ne faut pas lire ce texte, chère mademoiselle, comme une apologie du sang, bien au contraire. À l'époque d'Abraham, chez les Cananéens, les pères sacrifiaient au dieu Moloch leur fils premier-né. En un lieu appelé Tophet, ils le jetaient vivant dans une fournaise ardente. Au début, Élohim, s'adressant à Abraham, semble avoir les mêmes exigences que le Moloch. Mais c'est pour qu'éclate sa différence en fin d'épisode : à l'inverse des divinités païennes, il ne demande pas que l'on verse le sang juvénile, n'exige pas que les fils soient arrachés à la tendresse de leurs pères.

« L'hébreu est une langue fascinante. À partir de la même racine, constituée de trois consonnes, on peut faire apparaître une pluralité de sens, en particulier selon les voyelles que l'on place dessous. Il existe une traduction classique du premier verset du chapitre 22 de la Genèse : *"Dieu éprouva*

Abraham." Mais les rabbins lui préfèrent une autre interprétation, tout aussi plausible sur le plan linguistique mais qui suppose que l'on utilise des voyelles différentes : *"Dieu fit d'Abraham un étendard."* Autrement dit : il montra le chemin à l'humanité. Un chemin qui interdit le sacrifice de ses enfants.

« Lu avec attention, ce texte apparaît comme chargé d'ambiguïté. L'ordre de Dieu est en général ainsi rendu en français : *« Prends ton fils et... tu l'offriras en holocauste. »* Or, si j'en crois les spécialistes, il existe une traduction plus conforme à l'original hébreu : *« Fais-le monter en montée. »* Ou bien : *« Élève-le en élévation. »* La *« montée »* peut certes désigner la fumée de l'holocauste s'envolant en volutes vers le ciel. Mais, en soi, élever quelqu'un, ça ne consiste pas, comme le croit Abraham, à le *« descendre »*, à lui donner la mort, n'est-ce pas ? D'une certaine façon, Satan a raison : le vieil Abraham a des visions. Aujourd'hui on parlerait de projections. Son inconscient interprète l'ordre divin mais, ce faisant, il le dénature : Yahvé lui demande d'élever son fils alors que le patriarche lui prête un dessein sadique, destructeur.

« S'il y a, pour Abraham, quelque chose à détruire, ce n'est pas son fils, mais l'image qu'il en a. Une image narcissique qui lui fait prendre Isaac pour un simple prolongement, un reflet de sa propre personne ; l'empêche de voir en lui un authentique sujet, avec ses richesses propres et son autonomie. L'amour vrai est béni, car il incline vers l'autre. Mais cet amour d'Abraham pour son fils, possessif et castrateur, ne peut que conduire à la ruine. »

Françoise remercia avec chaleur l'abbé Davidson pour son accueil et pour ses explications.

Elle se demandait où Bourdalin avait bien pu « partir en voyage ». Dans son studio de la capitale, le téléphone sonnait sans qu'on décroche. Le criminel avait-il senti qu'il allait être débusqué et décidé de se mettre à l'abri ?

Le 13 août au soir, Françoise m'appela pour me raconter l'exposition et le commentaire de l'abbé Davidson.

— Je voudrais comprendre par quel processus Pépin en est arrivé là.

— Selon moi, tout se noue quand il apprend que Dominique va quitter le séminaire et vous épouser : cela constitue une véritable « trahison » qu'il faut « punir », selon ses propres termes d'alors. Il contacte Antonio, le cuisinier de Saint-Matthias, un ancien tortionnaire prêt à tout pour de l'argent. Marché conclu !

— Mais vous le dites vous-même, il s'agit d'une vengeance. Rien à voir avec le sacrifice !

— Comme mode d'exécution, le tueur pressenti suggère le couteau. C'est sans doute à ce moment qu'un déclic se produit en Bourdalin, élevé par son père dans une certaine mystique du sang purificateur. La scène biblique d'Abraham partant, sur ordre divin, immoler son fils, sert de canevas à sa propre mise en scène. Il répartit les rôles : Dominique incarnera Isaac et lui, Abraham, bien sûr. Abandonné, le cérémonial trop fruste de la vengeance ! Il versera le sang, certes, mais pour la bonne cause.

— Qu'appelez-vous la bonne cause ?

— Restaurer l'ordre troublé. Faire couler à nouveau le flux de la vie interrompu... Du coup, plus besoin du cuisinier de Saint-Matthias ! Sinon pour servir de couverture, en cas de problème.

— Mais, selon la Bible, Abraham a laissé la vie sauve à son fils Isaac...

— Tout à fait... Je ne sais pas si vous vous rappelez le discours de la messe de funérailles : Bourdalin citait plusieurs personnages bibliques disparus de mort violente. Parmi eux, il comptait Isaac. Erreur significative ! Il n'a pas véritablement lu le texte. Il l'a fantasmé.

— Je ne l'ai pas toujours connu comme cela ! s'exclama Françoise au bout du fil.

— Que voulez-vous dire ?

— Lors du décès de mon père — j'avais tout juste quinze ans —, la famille était criblée de dettes. Bourdalin nous a fait un gros chèque. Même que maman a protesté. Je me souviens de ses paroles : « Non point ça, mon bon monsieur. Vous vous rendez compte ? Avec tous les livres dont vous avez besoin ! Puis c'est pas dans nos manières de mendier ! »

— Bourdalin a passé outre ?

— « Cet argent, a-t-il ajouté, je vous le dois. C'est le prix de l'amitié. Une denrée trop rare en ce bas monde. » Après l'achat du magasin, ma mère avait organisé une petite fête. Je la vois encore lever son verre de mousseux et porter un toast à notre bienfaiteur : « À la vie, à la mort ! » Radieux, celui-ci répéta, en faisant le même geste : « À la vie, à la mort ! »

Je compris que ce souvenir lumineux ainsi que d'autres sans doute mettaient au cœur de Françoise de la compassion. Elle n'avait qu'un refrain :

— Comme je voudrais le revoir !

Était-ce pour s'assurer qu'il n'avait pas perdu figure d'homme ? Pour le protéger contre son propre désespoir ? Ou simplement pour lui parler, lui faire comprendre tout le mal qu'il avait fait, pour apurer avec lui ses comptes ?

— Il faudrait que nous allions déposer plainte, avançai-je.

Ma suggestion dut lui sembler incongrue. Elle la laissa en tout cas sans réponse. À sa douceur, je la suspectai d'être imperméable à l'idée de vengeance, fût-elle d'un tribunal dûment constitué. Et je l'imaginais très bien, toutes choses bouclées, en train de réciter à Bourdalin l'ultime tirade d'*Oncle Vania.*

— Si je savais seulement où il se terre ! soupira-t-elle. Vous n'en avez aucune idée ?

Je réfléchis à ce que l'abbé Darineau m'avait raconté de l'histoire du meurtrier. Je savais qu'il connaissait les moines orthodoxes du Champ-aux-Bécasses et que quelque chose l'avait attiré dans leur liturgie. Je conseillai à Françoise de retourner vers ce lieu inspiré et de s'enquérir d'une éventuelle visite récente de Bourdalin. Je n'eus, bien sûr, aucun mal à la convaincre.

Le jour de la Dormition, Françoise se rendit chez les moines orthodoxes. Après la liturgie, elle sollicita un entretien avec l'higoumène. Il se fit attendre, la salua, observa son visage : il la connaissait, l'avait vue pleurer à chaudes larmes en plein office, voilà quelques semaines.

— Ma fille, que puis-je pour vous ?

Elle débobina son histoire de crime. Apprenant qui était la victime, le moine tenta de maîtriser son émotion, mais la pointe de sa barbe la trahissait.

— Le coupable s'est enfui, précisa la jeune fille. Selon un ami (elle s'avançait beaucoup), il aurait fait une halte au monastère. D'ailleurs, ce n'était pas la première fois. Quelqu'un l'aurait-il remarqué : la soixantaine, corpulent, chauve ?

— Comment se déplace-t-il ? En auto ?

— En vélomoteur !

L'higoumène hésitait : devait-il manquer à la discrétion ou à la prudence ? Mais, au dire de la visiteuse, il y avait eu crime. Il concéda :

— Oui, je l'ai vu, voilà quelques jours. Il m'a même adressé la parole...

Françoise cherchait un moyen de faire sortir l'homme de sa réserve. Elle hasarda :

— Il semblait très préoccupé par la question du sacrifice.

L'higoumène se détendit : il se sentait plus à l'aise dès lors qu'on l'engageait sur le terrain de la théologie !

— En effet, reconnut-il. Avant d'enfourcher son vélomoteur, le monsieur m'a glissé : « Mon père, quoique catholique fervent, je vous félicite, vous, les orthodoxes... » Je lui ai demandé pourquoi. « Pour le réalisme avec lequel vous mettez en scène le saint sacrifice. » Je ne savais pas comment je devais le prendre, car la liturgie n'est pas du théâtre, n'est-ce pas ? J'étais pressé. L'homme semblait nerveux, perturbé. Je n'ai pas poursuivi la conversation. Ai-je eu tort ?

— Je suis une béotienne, enchaîna Françoise. Cette idée de sacrifice, j'ai du mal à l'accepter, d'autant qu'elle donne lieu à certaines dérives...

— Vous avez raison, même si on ne peut nier que Jésus a conçu sa mort sur la croix comme un don total, une offrande de sa personne. La communauté chrétienne primitive l'a identifié au mystérieux Serviteur souffrant évoqué par le prophète Isaïe, qui prend sur lui les péchés et donne sa vie pour le peuple.

Repensant à la remarque de Bourdalin, la jeune fille s'enquit :

— Le sacrifice du Christ, qu'a-t-on besoin de le répéter à chaque messe ?

— Il a eu lieu une fois pour toutes, protesta l'higoumène, dans l'éternel présent de Dieu. Il ne se répète pas. Face aux païens, les Pères de l'Église affirmaient : « Nous n'avons pas de sacrifices. » Ce qui se passe au cours de la liturgie appartient à l'ordre symbolique. Aucune violence n'est perpétrée. Car le mystère de Pâques qui y est célébré atteste l'inutilité de toute violence, fût-elle sacrée.

Françoise n'était pas sûre de bien saisir. Le moine s'en aperçut. Il se fit plus précis :

— En effet, vis-à-vis de celui qu'on a arrêté tel un brigand, condamné à la sauvette, fouetté, moqué, attaché au bois de la croix, transpercé, la violence n'a servi à rien. On a voulu anéantir l'homme de Nazareth pour empêcher qu'il n'égare la foule. Or, que constatent les témoins au matin de Pâques ? Il est revenu à la vie, et à quelle vie !

— ... calme, tendre, douce comme une caresse, continua la visitcusc. Commc dans *Oncle Vania.*

— Oui, c'est cela, comme dans *Oncle Vania,* reprit l'higoumène.

Françoise l'interrogea à nouveau :

— Après sa remarque sur le sacrifice, le monsieur a-t-il ajouté autre chose ?

— Je... je ne crois pas. Mais attendez, si ! « Je vais faire retraite, à mon tour, dans une abbaye amie. »

Françoise me téléphona, l'après-midi, pour me raconter sa conversation avec l'higoumène. Elle cherchait en vain quel pouvait être le monastère.

Je cherchai à mon tour. À force de ressasser toute l'histoire depuis l'origine, je finis par m'apercevoir qu'il n'y avait pas une seule abbaye, mais deux, dans la vie d'Albert Bourdalin : l'une au Champ-aux-Bécasses, l'autre à Tiroflay où le jeune professeur s'était réfugié à la mort de ses parents.

Je parlai de Tiroflay à la jeune fille. Elle voulait monter dans sa deux-chevaux et s'y rendre tout de suite.

— C'est très loin de Bandégave, lui fis-je observer. Il faut traverser tout le pays. Et puis vous ne pouvez pas voyager seule.

— J'ai des amies. L'une ou l'autre acceptera de m'accompagner.

— Donnez-moi dix minutes, lui indiquai-je devant son ardeur. Je vais vous rappeler.

Avec ma femme, je fus elliptique :

— Françoise a besoin de moi pour régler certaines affaires...

— Ça te prendra combien de temps ?

— Pas plus de quarante-huit heures.

— Alors, va !

Elle est ainsi, Louisette, d'une confiance inébranlable.

Je prévins la jeune fille que je l'attendrais, le surlendemain à partir de midi, à la gare d'Arbançon, la ville la plus proche de l'abbaye de Tiroflay. Elle prit le train, et moi mon Alfa Romeo. Je la cueillis à l'endroit annoncé, nous allâmes déjeuner. Après quelques pas, histoire de nous dégourdir les jambes, nous montâmes à bord de l'Alfa Romeo et gagnâmes d'un trait notre destination. Dans la montée finale, le spectacle était grandiose : l'abbaye se mirait dans un lac et on avait une vue plongeante sur les toits de lauzes de la vallée et sur les cimes enneigées, pareilles à des scies, qui détachaient leurs copeaux sur l'établi de l'horizon. Nous fîmes une courte visite de l'église afin de nous renseigner sur les horaires des offices. Pas question de nous pointer à l'hôtellerie pour demander qu'on nous y accueille. Un kilomètre et demi plus haut, une auberge trônait en majesté, signalée par une pancarte. Nous prîmes deux chambres et restâmes calfeutrés dans l'hôtel toute la soirée.

Le lendemain, je me réveillai à huit heures. Je frappai à la porte de Françoise. Je n'eus pas de réponse. Je m'habillai, descendis pour le petit déjeuner. Le restaurant était vide. Je m'enquis de Françoise à la réception. L'hôtesse me tendit un message : « Je suis à la messe. Amitiés. F.P. »

Vers sept heures, la jeune fille était descendue à pied vers l'abbaye. Sur le terre-plein, devant l'église, était garée une CX grise. Françoise entra dans l'édifice, se signa, prit place dans l'espace réservé aux fidèles. Il y avait quelques retraitants et, déjà, les moines s'installaient dans le chœur. Elle remarqua un nombre assez impressionnant de novices en robe blanche. Puis un groupe de jeunes en habits civils — des postulants, pensa-t-elle. Soudain, elle eut un haut-le-cœur : Bourdalin se profila à leur suite, sans lunettes mais plein de componction. Elle se cacha le visage avec son foulard, exigé par les moines. La messe commencée — en latin et en grégorien —, elle fut rejointe par un homme vêtu en clergyman, profil d'hidalgo et torse d'athlète, qui lui rappela quelqu'un, elle ne savait qui. Elle trouva curieux que ce prêtre vienne s'asseoir parmi l'assistance et non pas avec les moines, dans le chœur.

La messe dura une bonne heure. Françoise se demanda comment parvenir jusqu'à Bourdalin. En reprenant le chemin de l'auberge, elle remarqua un passage possible vers un bâtiment récent

— une extension de l'hôtellerie, semblait-il. Elle monta sur un tas de caillasse et observa les abords du bâtiment. Elle distingua une masse sombre, dont la démarche lui était familière. Bourdalin avait dû repasser par sa chambre et il se dirigeait à nouveau vers l'abbaye.

Françoise revint à l'hôtel vers dix heures et demie. Elle me trouva dans le hall, faisant les cent pas.

— Vous avez bien dormi ? me lança-t-elle en m'embrassant.

Elle me raconta la messe, me félicita d'avoir deviné l'endroit où Bourdalin avait élu refuge. Elle me proposa de descendre avec elle à l'abbaye, après déjeuner. Je lui donnai mon accord.

Nous nous arrêtâmes, en fait, devant le bâtiment neuf. Nous frayant un chemin parmi les ronces, la pierraille qui roulait sous nos pas, nous y arrivâmes quasiment sur les fesses. Heureusement, nul moine, nul retraitant n'aperçut Françoise, la jupe retroussée. À pas de loup, nous commençâmes notre exploration. Le bâtiment neuf était octogonal, un petit cloître l'enserrait. Les fenêtres ressemblaient à des meurtrières, mais elles étaient ainsi dessinées que, tout en assurant à l'hôte la discrétion, elles laissaient filtrer la lumière. Je crus capter un léger bruit plaintif. J'eus soudain peur pour Françoise, lui demandai de ne plus bouger et fis le tour du bâtiment, l'échine courbée pour éviter qu'on ne me repère. Je tendis l'oreille. Tout n'était que silence.

Je m'enhardis, gravis trois marches, empruntai le cloître. Il me sembla qu'une porte était entrebâillée. Je collai l'oreille contre son montant, n'entendis rien, esquissai un mouvement de pression, histoire de tester si la porte bougeait ou non. Elle bougea, mais sans grincer. Je recommençai ma pression et me glissai dans la chambre. Je poussai un cri : Bourdalin gisait dans son sang, la gorge tranchée de vilaine façon. Un rai de lumière lui sculptait la bedaine.

Quelqu'un avait rejoint l'assassin de Dominique Martin-Labreux dans sa retraite, forcé sa porte (cela avait dû représenter un jeu d'enfant, vu le caractère primitif de la serrure), lui avait tranché la gorge. Qui ? À ce moment précis, j'établis un lien entre l'hidalgo dont m'avait parlé Françoise et qui avait pris place à ses côtés à la messe et Antonio, le cuisinier du curé de Saint-Silice.

La jeune fille m'avait vu disparaître dans la cellule. Mais m'avait-elle entendu crier ? Au bout de deux ou trois minutes en tout cas, elle m'y rejoignit. En découvrant le cadavre, elle poussa, elle aussi, un cri, mais beaucoup plus aigu que le mien. Elle s'agenouilla près du criminel, comme pour se recueillir et prier.

Je ne voulais pas qu'elle s'attarde. Je fouillai le bagage de Bourdalin : il n'avait que peu de vêtements, trois ou quatre dossiers sur Julien d'Éclane, deux gros livres dont une bible. J'ouvris celle-ci : un signet rouge marquait le chapitre XXII de la Genèse sur le « Pseudo-sacrifice d'Isaac ».

J'aidai Françoise à se relever, la pris par la main, puis par le cou. Nous informâmes de la nouvelle le premier moine venu, effrayé de voir surgir deux inconnus, dont une jeune femme, dans la nouvelle hôtellerie, réservée aux bienfaiteurs et amis. Le père abbé prévint, lui, les gendarmes.

De retour à l'hôtel, après une douche, j'appelai Louisette pour lui raconter l'histoire. Et je téléphonai aussi à Jean-Pierre Darineau, qui m'avait — ô combien ! — aidé à faire la lumière sur le « complot » de l'Établissement.

En me remémorant le personnage du « meneur de jeu », je me reprochai de ne l'avoir pas identifié plus vite, car si Bourdalin ne faisait pas partie de mes familiers, j'aurais dû me souvenir que, possédant des talents de comédien, il animait au séminaire une petite troupe théâtrale. Il avait donc appris à travailler sa voix.

Dans l'une des poches de l'assassin, j'ai trouvé cette lettre :

> Cher vieil ami,
>
> Notre conversation récente m'a laissé un goût d'inachevé et d'amertume. J'aurais voulu la reprendre. Mais j'ai tenté de m'expliquer par écrit, afin d'éviter les réactions émotionnelles.
>
> Je me suis embarqué dans cette aventure du séminaire. Vous n'y êtes sans doute pas pour rien. Le sacerdoce avait l'air de tellement vous manquer. Notez que je suis sans regret du bout de chemin parcouru : cela m'a élargi l'horizon, appris à réfléchir, approfondi dans l'existence.
>
> Quand on saura que « j'ai quitté », selon la formule consacrée, on cherchera la femme. Elle sera d'autant plus facile à trouver qu'elle existe.

Mais l'idée de la tentatrice qui dévie l'homme — le mâle — de sa route m'a toujours paru simplette et injurieuse. Mon débat intérieur a tourné autour de cette question : faut-il se priver de la compagnie de l'autre sexe pour entrer plus avant dans celle de Dieu, s'appauvrir sur le plan anthropologique pour s'enrichir spirituellement ?

L'Église catholique occidentale répond à cette question par l'affirmative, au moins de façon implicite. D'autres pensent et décident autrement. Vous l'avouerai-je ? J'ai eu la tentation de bifurquer du côté de l'orthodoxie qui, a priori, correspond mieux à mon tempérament méditatif. Si je ne l'ai pas fait, c'est à la fois par fidélité à ma biographie religieuse et par conviction qu'ici-bas la Vérité, la Beauté, la Droiture n'existent nulle part à l'état pur.

Ma décision de retourner à la vie laïque et de faire signe à Françoise n'est pas dirigée contre vous. N'en faites pas un drame personnel, comme si notre bonheur devait vous rendre malheureux.

Je mesure tout ce que vous m'avez apporté. Soyez assuré de ma gratitude et de ma sincère amitié.

Dominique Martin-Labreux,
Saint-Silice, le 18 juin.

Il avait fallu trois semaines à Bourdalin pour mûrir son dessein.

Le Rassemblement de la jeunesse ne tint pas ses promesses : malgré le zèle de l'abbé Leroy, il ne recueillit qu'une maigre participation. Lizarou fut battu aux élections d'octobre. Bouchardon vit une partie de sa clientèle lui tourner le dos. Garcin commença son noviciat à la Trappe. Quant à Antonio, qui avait acheté sa CX à prix réduit grâce aux relations de Mlle Bénard, il réussit à fausser compagnie aux gendarmes lancés à ses trousses. Nul, à Saint-Silice ou dans la région, n'a depuis lors entendu parler de lui.

Après un automne passé à colmater les brèches, l'abbé Décoreur reçut un appel du chanoine Marcejac, l'informant d'une mutation : il était nommé économe diocésain. À l'énoncé de la nouvelle, il se sentit mal. Pour atténuer sa peine, le vicaire général crut bon de préciser :

— D'ici deux à trois ans, vous pourrez arborer le camail de chanoine... si les choses se rétablissent. Et puis, dans vos nouvelles fonctions, vous aurez un adjoint...

— Lequel ?

— L'abbé Ducombet.

La punition était rude. D'une voix éteinte, le doyen s'enquit :

— Que va devenir Mlle Bénard ?

Marcejac répondit sur un ton mi-plaisant, mi-agacé :

— Quand les femmes feront partie du clergé, nous aviserons. En attendant, ne nous imposez pas votre mère de l'Église !

— Et la paroisse, à qui la confiez-vous ?

— À l'abbé Leroy.

— Ce... ce... révolutionnaire ?

Pour le doyen des Volcans, l'important, c'était que la façade conserve son crépi. Et tant pis si la maison manquait d'âme !

Homme d'institution, il avait du mal à réaliser le besoin de souffle prophétique qui taraudait bon nombre de catholiques, à commencer par leurs pasteurs. À commencer par l'abbé Leroy qui, sous des dehors souvent gauches, parfois un peu ridicules, incarnait la proximité de Dieu aux yeux des habitants de Saint-Silice, les chrétiens et les autres.

Joseph Décoreur vint dîner à la maison pour ses adieux. Nous laissâmes la théologie au vestiaire et parlâmes de chiffre d'affaires et de bilan consolidé. Cheftaine Odette nous rejoignit au dessert. Elle avait trouvé un poste d'infirmière dans une clinique tenue par des religieuses, à deux pas de l'évêché de Montoussain. N'en déplaise au chanoine Marcejac, elle continuerait de veiller jalousement sur « son » doyen.

L'abbé Darineau fut ordonné quelques mois plus tard, avant Carême. Il devait terminer son année universitaire à Bandégave. On le nomma en outre vicaire auxiliaire à Saint-Martin, la paroisse des dames Plantain.

Il prit ses fonctions le jour de Pâques. Françoise se trouvait aux premières loges. Louisette et moi fîmes le déplacement depuis Saint-Silice. Le père Charpentier concélébrait.

En guise de sermon, Jean-Pierre nous donna ce témoignage :

— Avec une poignée d'amis, j'ai eu la chance,

il y a quelques années, de vivre une nuit de Pâque russe. Je garde de cette expérience un souvenir indélébile. Nous avions passé la soirée à lire les Actes des Apôtres, ce récit d'une mystérieuse contagion spirituelle. Il y avait dans l'église un vieil évêque écrasé par le poids de sa tiare dorée. Or, soudain, au milieu de la froidure d'avril, on eut le sentiment qu'une sève l'envahissait. Il se mit droit comme un cyprès et, puisant au tréfonds de lui-même assez de forces, il s'écria : « *Christos voskressie !* »

« J'ignorais le slavon. Mais, quand il reprit la formule en une multitude de langues, anciennes et modernes, je réalisai qu'il s'agissait de la plus formidable nouvelle jamais proclamée : "Christ est ressuscité." Il a ouvert une brèche dans la forteresse de la mort et montré ainsi que ni la dégradation des corps ni la déchéance des âmes n'auraient le dernier mot. Jusqu'au petit matin, nous avons chanté à en perdre la voix. (Jean-Pierre commença à fredonner :) "Christ est ressuscité des morts. Alléluia. Par sa mort il a vaincu la mort. Alléluia. À ceux qui sont dans les tombeaux, il a donné la vie." C'était comme si soudain le Ciel et la Terre s'étaient rejoints.

Après une pause, le tout nouveau prêtre reprit la parole, moins exalté, plus grave :

— Nous autres, catholiques, n'avons pas toujours mis la Résurrection et la Vie au centre de notre foi. Et nous donnons souvent l'impression de pratiquer une religion de la souffrance et de la mort — une religion, en somme, du Vendredi saint.

« Je ne sais pas quelle fut votre éducation. Pour ma part, j'ai grandi parmi des hommes qui n'avaient que le mot "sacrifice" à la bouche. Comme s'il représentait l'alpha et l'oméga. Il fallait accumuler les sacrifices, petits ou grands, car "Dieu, n'est-ce pas, avait offert son Fils en sacrifice".

« Loin de moi, remarquez bien, de contester la sincérité et la piété de ceux qui tiennent un tel langage, encore qu'il puisse se trouver des égarés parmi eux. Mais bonne nouvelle : l'ère des sacrifices est révolue ! On ne communique plus avec le monde divin au moyen du sang et des holocaustes. Nous avons appris que la seule offrande valable était celle du cœur.

« Mes amis, je voudrais vous faire part d'une conviction, en ce jour de Pâques : il n'est pas vrai que Dieu ait livré son Fils au pouvoir d'un juge ni aux mains d'un bourreau, en vertu de je ne sais quelle disposition sadique. Il ne l'a pas mis au monde pour le faire exécuter. Mais le Fils a tout accepté du destin que des hommes ont préparé — ou improvisé — pour lui : le manteau du soudard en guise de vêtement princier ; la couronne d'épines en forme de diadème ; une branche de roseau pour sceptre ; la nudité honteuse, la croix d'esclave...

« Et tout cela, allez savoir pourquoi ! Par une sorte d'amour insensé. Par passion envers tous ces êtres humiliés, moqués, torturés, crucifiés, depuis le commencement du monde jusqu'à la fin... Crucifiés ou conduits à la mort, d'une manière ou d'une autre...

À ce moment-là, la voix de l'abbé se brisa :

— Égorgés comme des agneaux conduits à l'abattoir...

Il agrippa le lutrin avec ses mains, se hissa sur la pointe des pieds, comme pour élargir son horizon. Et, retrouvant son exaltation du début, il nous livra ce message :

— Je vous en conjure, mes amis, n'écoutez pas ceux qui trouvent une vertu au sang et des côtés positifs à la mort. Soyez des inconditionnels de la Vie. Car la Vie, voyez-vous, c'est un cadeau de Dieu, c'est Dieu lui-même...

— *Christos voskressie !* Christ est ressuscité !

Cette exclamation déchira l'air parfumé d'encens.

J'étais à la droite de Françoise. Je me rapprochai d'elle et l'entendis murmurer, tandis que je lui prenais la main :

— *Christos voskressie !* Dominique *voskressie !*

Elle se pencha sur mon épaule et elle pleura.

TABLE

Un certain nombre d'ouvrages ont permis à l'auteur de nourrir sa propre réflexion à propos du sacrifice. Il est juste d'en citer les auteurs :

Marie Balmary, *Le Sacrifice interdit, Freud et la Bible,* Grasset, 1986.

Jacques Duquesne, *Le Dieu de Jésus,* chapitre VI, Grasset-Desclée De Brouwer, 1997.

Anne-Marie Pelletier, *Lectures bibliques,* chapitre 5, Nathan-Le Cerf, 1995.

René-Samuel Sirat, *La Joie austère,* entretiens avec Emmanuel Hirsh, pp. 40-48, Le Cerf, 1990.

Walter Vogels, *Abraham et sa légende,* pp. 285-300, Le Cerf, 1996.

La revue *Pardès,* 22/1996, « Le Sacrifice du fils dans les trois monothéismes », Le Cerf.

L'évocation de la mort du Christ comme « *ludibrium* », c'est-à-dire mise en scène risible, et empruntée à Pascal Quignard dans *Le Sexe et l'Effroi,* Gallimard, 1994.

Pour les textes de la liturgie orthodoxe, se reporter entre autres à *La Divine liturgie de Saint Jean Chrysostome,* Le Cerf, 1996.

La composition de cet ouvrage
a été réalisée par Nord Compo
l'impression et le brochage ont été effectués
sur presse Cameron dans les ateliers de
Bussière Camedan Imprimeries
à Saint-Amand-Montrond (Cher),
pour le compte des Éditions Albin Michel.

Achevé d'imprimer en mars 1998.
N° d'édition : 17259. N° d'impression : 981487/4.
Dépôt légal : mars 1998.